Villa Pesadilla

Joel Molina

Título: *Villa Pesadilla*
Autor: Joel Molina
—1ra edición, Casasola Editores 2021 ©
141 p. 5.5 x 8.5 pulgadas
IISBN-13: 978-1-942369-91-2
ISBN-10: 1-942369-91-3
Edición de texto de Andrés Moreira
Portada de Knny Reyes
Diseño y diagramación: Casasola Editores
Editado por Óscar Estrada

215 East Hill Rd. Brimfield, MA. 01010
Impreso bajo demanda en Estados Unidos.

info@casasolaeditores.com

Villa Pesadilla

Joel Molina

Joel Molina
(Managua, 1990)

Cineasta, escritor y músico. Graduado en Filología y Comunicación. Editor y asistente de realización de documentales en Fundación Luciérnaga, aborda temas como educación, seguridad alimentaria, prevención de violencia, salud sexual y reproductiva, género, medio ambiente, entre otros. Codirigió el mediometraje ficción *RuteadoS* (2012). En 2013 clasificó para el Talent Campus del Festival Internacional de Cine de Guadalajara, en el rol de editor. Realizó la fotografía, montaje y diseño sonoro del cortometraje ficción *El Aborto de un Pensamiento*, merecedor del premio Generación INCINE. Dirigió el cortometraje *Vano Urbano* (2014). En 2015 realizó el montaje y colorización del videoclip *Enano Cabezón*, premio a mejor video musical en el Feel The Reel International Film Festival en Reino Unido. En 2016 dirigió el corto documental *Luces para Aprender*. Como narrador, algunos de sus cuentos han sido publicados en las revistas *Ágrafos*, *Carátula* y *Alastor*. Actualmente se desempeña como post-productor audiovisual en una agencia de publicidad.

"Tener oídos nuevos para una nueva música, nuevos ojos para las cosas que emergen de lo más lejano, nueva conciencia para verdades hasta el momento mudas".

El Anticristo

Friedrich Nietzsche

El milagro de la muerte

Muy de mañana un basuquero piruca está despertando de dormir la mona. Le pega un llegue a su botella. Arruga la cara, puro guaro lija. Ya es hora de emprender las actividades del día. Hay que apurarse, hoy pasa el camión de la basura por la colonia.

Sentado en la cuneta observa el panorama. Siempre tiene competencia.

Allá va el Salvador, es un hombre simple. Va con su saco macen al hombro. Recoge plástico, papel y aluminio. Es piedrero. Los hermanos evangélicos lo han rescatado varias veces, tienen la ilusión de verlo hecho un hombre nuevo para la gloria de Cristo. La ilusión del Salvador es recoger suficiente basura y venderla en la recicladora, para después comprar bastantes piedras.

Salvador saca esto y lo otro de un barril. Se cambia de acera. Está cerca del tope de la calle donde hay una caja de cartón: la abre e inmediatamente la vuelve a cerrar asustado, y sale corriendo.

Pasa la Valentina, la güelepega. Esa lo que busca es comida, anda en la bajona. Rompe las bolsas negras. Ahí por lo general encuentra lo que los mediopelo llaman desechos orgánicos. Saca sobras de una y otra bolsa, las degusta, es exigente con lo que come. Está cerca del tope. Cuando llega mira la caja de cartón. La abre, pega un grito y retrocede desconfiada.

El basuquero piruca se pregunta:

—¿Qué mierda habrá en esa caja?

Llega Moncho, es creído porque ya tiene su carretón. Subió de categoría. Ahora lo contratan los mediopelo para que les vaya a botar las ramas de los palos cuando los podan.

El basuquero piruca piensa:

—Qué babosada más pendeja, fijate vos… darle forma a los palos de laurel para que se vean cuadrados. ¿Dónde has visto un palo cuadrado?

Moncho pasa insultando al basuquero piruca, le restriega en la cara su flagrante carretón:

—Ya la hice con esta nave. Ya no me corren de la colonia, me dan pegue y me pagan bien. Cincuenta varas el viaje. Hago dos o tres al día. Hasta soy broder de las chachas y los cepe-efes. Vos sos un mierda... sos boludo. Sólo pasás pajiandote viendo a los otros mierda llevarse la basura.

Moncho dobla en la esquina, no llega al tope. No ve la caja.

El basuquero piruca está ofendido:

—Juelacienputa Moncho, ahí vas a ver. Te vas acordar de mí un día. Yo también la voy hacer y te voy a humillar. Sólo estoy esperando que me llegue algo grande. Por eso yo no ando de mierda como los otros... yo sé lo que es bueno.

Lo que pasa es que uno de esos tantos días, el basuquero piruca se encontró en un barril de basura una botella de guaro, del caro, arriba de la mitad, de ese que toman los mediopelo. Otro de esos días, en una caja de cartón se encontró un cerro de revistas porno. ¡Qué tesoro! Ahora está con la intriga ¿Qué le irá a regalar el destino en esa caja?

Deja la cuneta. Se guarda la pacha de guaro en la bolsa trasera del pantalón. Cruza la calle cantando "quimera fatal..." Va hacia el tope.

Está frente a la caja, rectangular y color café, como casi todas. En eso llega en bicicleta el cepe-efe y se orilla:

—¿Y vos, anoche escuchaste algo?

El basuquero piruca hace memoria. No se acuerda muy bien de nada. Anoche inhaló diluyente para pintura, ojeó las revistas porno, se hizo una paja, se quedó dormido y amaneció donde lo encontró la mañana.

—No escuché ni verga, ¿qué fue lo que pasó?

—Mejor jalate, ahí va a venir la pesca a preguntar.

El cepe-efe arranca en su bicicleta. El basuquero piruca lo ve alejarse y se encoge de hombros. Su atención regresa a la caja. Alrededor andan volando moscas tornasol.

***

"Encuentran feto abortado dentro de una caja". Así titularon el suceso en el noticiero de la noche. La persona que realizó el hallazgo, un bebedor consuetudinario en situación de calle, dio las siguientes declaraciones:

"Cuando lo saqué estaba inflado y olía a perro muerto. Tenía la piel morada y una tripa colgando. Lo apreté y se puso a chillar como gato. Respiraba, surgió el milagro de la muerte.

Así fue como conocí al señor de las moscas, y comencé a anunciar su reino, es el único que nos puede sacar de la miseria.

Los de medicina legal dijeron que fue el calor alcohólico de mis manos lo que despertó al feto abortado que encontré adentro de la caja."

Azar o Destino

Madrugada, un casino: en la puerta pintado un diabólico arlequín muestra cuatro ases mientras descompone su cara en una mueca burlesca. Entro, el piso alfombrado, las luces de las máquinas parpadean, hay varias filas apostadas en todas las direcciones. Ya no hay nadie jugando, sólo un empleado que pasa la aspiradora y tararea una canción que no logro identificar, pero se me hace conocida.

Sigo de frente, al fondo está la caja. Necesito cambio para un billete de cien dólares, a eso fue a lo que vine. Me atiende una cajera con cara tiesa y sonrisa forzada que parece una máquina más. Volteo, este lado de la moneda no lo había visto. Sonrío.

En una fila de tragamonedas, en la máquina que está junto a la entrada, a mano derecha, hay una mujer jugando. Claro, no la había visto porque cuando abrí la puerta, pintada con el arlequín, quedó oculta a mi vista. Un punto ciego.

Pido cien pesos en monedas y avanzo. A medida que me acerco ya estoy seguro de algo, tiene el pelo bonito, largo, suelto y castaño.

Estratégicamente me sitúo al final de la hilera de máquinas, sólo seis nos separan. Las suficientes para observarla en detalle, buscar contacto visual y tratar de invitarla a un trago.

Echo la primera moneda. Volteo para verla: viste de rojo vino en un conjunto de minifalda y saco. Echo otras tres monedas. Zapatos negros, tacón alto. Avanzo una máquina hacia ella. Echo monedas. Está muy seria, bastante concentrada en la pantalla del juego.

Gano treinta monedas, echo otras tantas. Es blanca, de perfil muy fino. Me salto tres máquinas, estoy más cerca. Tiene bonitos pechos, le llenan neumáticamente el saco.

Me quedan pocas monedas. Ahora que me fijo, no la he visto echar una sola en la máquina, tampoco he escuchado el sonido metálico de los premios. Sólo jala de la palanca y observa fijamente la pantalla.

Me muevo de máquina. Ya estoy a la par suya, es preciosa. Está jugando una mierda que se llama *Azar o Destino*.

—No entiendo—, dice de pronto, su atención continúa en el juego.

Tratando de parecer interesante le respondo:

—Funciona basado en un algoritmo.

Dicho esto, me clava los ojos como impresionada por lo que dije.

Tengo un problema, sólo me quedan tres monedas y la caja ya está cerrada. El rato que pase hablándole dependerá de mi suerte, ganar monedas significa tiempo de plática con ella.

Me pregunta si soy ingeniero. Echo mi última moneda. Tres manzanas se detienen ante mis ojos, el premio es de cuarenta.

—Soy programador—, le respondo con aires de triunfo.

Cobro las monedas, la máquina no responde. Hago más intentos. Nada. No me dará el premio.

¿A esta hora con quién me quejo? Qué suerte más mierda la mía. La mujer me observa:

—No te preocupés, hacete en esta máquina.

Ahora entiendo, de seguro es alguna modelo o impulsadora y caí en una trampa de mercadotecnia. La verdad no me importa. Obedezco sonriendo.

La pantalla del juego es básica. De entrada, no sé de qué putas trata. Sólo hay dos letreros, cada uno con una luz roja debajo de ellos. Un letrero dice *Azar* y el otro dice *Destino*. Ella saca una tarjeta y la pasa por una ranura oculta a un lado de la máquina.

Aparecen en la pantalla las configuraciones del juego.

—Yo soy ingeniera, trabajo para estas máquinas.

Ahora el impresionado soy yo. Frente a mi tengo a una mujer, joven y bonita, con la que puedo tener muchas cosas en común. Se llama Devi.

Según me cuenta, trabaja probando y ajustando las máquinas tragamonedas una vez que la afluencia de clientes aminora. Me explica que no puede darme las monedas pero me dará el equivalente en créditos para que juegue en esta máquina. Devi programa cuarenta intentos, me comenta que este juego es en lenguaje binario. Se voltea y hace una seña.

Detrás de la mesa de póker está la barra. Hay otras mesas de juego a los lados, sin faltar la ruleta. Al minuto aparece un mesero con bandeja y trago.

—Cortesía de la casa —dice Devi—, por el pequeño inconveniente con la máquina.

—Te lo acepto sólo si me acompañás a uno.

Devi sonríe, no me mira a los ojos cuando contesta:

—Aquí no. Después del trabajo. Salgo a las tres. Ahora jugá.

Bebo gustoso de mi trago. Faltan cuarenta minutos para las tres. La plática con Devi fluye, me tiene de lo más interesado, es como si conociera las secretas opiniones que tengo respecto a las cosas. De pronto un sonido sale de su cuerpo. Me mira asustada:

—Es mi jefe, debo atender la llamada.

Abre la puerta y sale algo nerviosa. Su *ringtone* sonaba como engranajes con sarro. Vuelvo al juego. No lo entiendo. De qué putas se trata. Se me olvidó pedirle detalles a Devi.

El trago estaba fuerte, de súbito me ataca el mareo. Tal vez no debí haber combinado, ya había tomado muchas pastillas. Como sea. No se le puede despreciar un trago a una mujer bonita. Veo turbio. Estoy helado. Alguien abre la puerta. Entra un hombre elegante. Atrás viene Devi. ¿Cuánto tiempo ha pasado? Consulto mi reloj, son las tres menos cuarto.

—Te presento a mi jefe, dice Devi, se llama Yester.

—¿Cómo? ¿Chester?

—No. Yester, con "ye".

Disimulo mi mareo y me apresuro a saludarlo. Tiene pinta de muy refinado, pero en lugar de estrecharme la mano cierra el puño, con intención de chocarlo con el mío:

—¿Qué nota, perro?

El inesperado saludo me desconcierta, trato de corresponder con la mayor naturalidad posible. Devi menciona que necesita terminar un informe, después de eso nos vamos. Da la vuelta y se pierde tras una puerta rotulada, sólo personal autorizado. A pesar de que continúo mareado no dejo de seguirle el culo con la mirada. Yester lo nota:

—Está bien rica ¿verdad?

No contesto, sólo sonrío.

—La Devi me dijo que sos informático.

Afirmo con la cabeza.

—¿Ya probaste ese juego?

Yester estira la trompa señalando al tragamonedas.

—No lo entiendo.

—Es sencillo. Vos escogés: *Azar* o *Destino*.

—¿Cómo así?

—Parecés pendejo. Avivate. ¿A cuál le apostás? ¿Al Azar o al Destino?

No me gusta el tono de Yester, pretende intimidarme. Le contesto secamente:

—Al azar, no creo en el destino.

—En este juego sólo hay una manera de apostar, apostarlo todo. Cuanto tengás es lo que valés.

—Tengo cuarenta créditos.

En el tablero del juego hay dos botones, uno debajo de cada luz roja. No es que no los haya visto, estoy pasmosamente seguro de que no estaban antes. Oprimo el botón que corresponde al "Azar" y halo la palanca. La luz roja comienza a rebotar, es intermitente entre los letreros de *azar* y *destino*. Aumenta su velocidad, es casi estroboscópica. Será efecto de los fármacos, pero empiezo a ver un patrón de ceros y unos, de unos y ceros. Se repiten a razón de una progresión, todo pasa tan rápido... pero lo entiendo, podría escribir la ecuación en función de cualquiera de sus variables, reducirla a su mínima expresión, el resultado siempre sería el mismo.

Miro a Yester, hay algo raro con la expresión de su cara, no sé de dónde, pero me parece que lo había visto antes. La alternancia de la luz roja desacelera. Se detiene en el letrero "Destino".

—Salado pescado—, celebra Yester.

Ahora mismo, eso es lo que menos me importa, haber perdido en un estúpido juego que no tiene sentido. Cada vez me siento peor, estoy sudando. Bajo mis pies, el suelo se vuelve una espiral, como si un agujero de gusano me tragara. No soporto el vértigo. Aspiro con fuerza el vómito que chorrea de mis fosas nasales. Yester se ríe como loco, se le resalta una vena en la frente:

—¿Vos pensás que es casualidad que vinieras aquí? No agarrés vara, estaba en el destino, el destino es una máquina, vos que sos programador, date cuenta. Se te escogió porque lo ibas a entender. No es por azar que sos matemático y por tu gusto estés drogado. Andás bien loco ¿verdad? Eso es bueno, amplía el espectro de tu lógica de cálculo. Por el vino supino Capitolino, mientras Galba cabalga al alba. Ahora decime: ¿Creés en lo que viste?

***

Hace media hora que estoy despierto, lo primero que hice fue vomitar, hundir la cara en la boca de un sucio inodoro. Estoy en un motel. Devi me dejó una nota, escrita con lápiz para ojo en la Biblia que encontré sobre la mesa: "Ya pagué, gracias por jugar".

Después de noches de exceso, experimento lagunas mentales y un hondo sentimiento de vacío, pero esta vez es diferente.

Tengo la certeza absoluta de mi infelicidad asegurada de por vida. Yester se burló de mí. Luego de lo que dijo sólo dio la vuelta y se fue, regresó a la pintura de la puerta.

Antes de salir del casino le pregunté a Devi dónde quería ir, después de eso sólo tengo confusos recuerdos de un bar de coca y la monotonía de un beat de electrónica. Había pista de baile con luces, cañones proyectando videos, máquinas lanzando humo... y en todo: las frecuencias, las imágenes, los compases, los destellos; encontraba un patrón, un lenguaje, una fórmula. En todo había números y los números se volvían letras, algoritmos en todo el sentido de la palabra, formaban secuencias, me comunicaban mensajes. Por eso, mientras penetraba a Devi no sentí placer alguno, no me estaba divirtiendo, ya nunca lo haría.

Estoy tirado al lado del inodoro, las ganas de vomitar me regresan. ¿Será real todo lo que estoy padeciendo? Necesito una señal para confirmarlo.

Salgo del motel. Me encuentro en la periferia de un mercado. La gente va y viene. Escucho gritos, provienen de un muchacho de pelo largo. Está parado en la esquina predicando un mensaje. Del cuello le cuelga un rectángulo de cartón. Leo: "Es el fin y yo soy la señal".

Pues es cierto todo lo que vi y todo lo que veo. La realidad es una pesadilla. Voy a morir a los sesenta y seis años, cuarenta años después de perder un estúpido juego contra el destino, y de haber apostado mi vida al azar. En todo ese tiempo pasaré repitiendo los mismos errores. Nunca voy a saber lo que es el amor o el verdadero interés hacia otras personas. Siempre me sentiré inconforme, sólo y vacío.

Me acerco al muchacho con el pelo largo y lo escucho detenidamente. Su mensaje me transmite paz, está cargado de tanto sentido. Ahora tengo una alternativa. Saco el frasco de pastillas que traigo en la bolsa izquierda de mi pantalón, lo destapo y vacío su contenido garganta abajo. Continúo escuchando al muchacho, su voz me arrulla mientras me duermo…

Verdadero Profeta

La policía cerró el caso, por tanto, al canal ya no le interesa más la historia. Yo seguí investigando por mera curiosidad, vos sabés que a mí me cuadran esos temas. Siempre hago reportajes especiales sobre milagrosos cristos llorando sangre, marías en manchas de moho, algún poseído y su frenético exorcismo, pero nunca me había encontrado con esta variante de noticia escatológica, de augurio del fin del mundo... un loco tan seguro de su locura, tan convincente y elocuente para predicarla. El material que tengo lo comprueba, es todo un personaje, por eso quiero que hagamos un documental sobre el verdadero profeta.

Todo comenzó con la muerte por sobredosis de un joven programador, veintiséis años. Trabajaba para una empresa de telefonía celular. Ocurrió la mañana del veintiuno de diciembre. No sé si te acordás. Cubrí la noticia y salió en el bloque de sucesos.

Al rastrear la cadena de eventos descubrimos un motel y posteriormente un casino. Los peritos policiales se enllavan en esta parte, sobre todo porque el casino en cuestión desaparece. Los dueños, identificados únicamente con los nombres de Yester y Devi, salieron del país. Tienen una larga historia de evasión de impuestos y presuntamente lavado de dinero.

Hasta aquí es la perfecta historia de cine *noir*. Las autoridades declaran evidente suicidio por pena de amor. El joven muerto frecuentó por semanas a la dueña del casino, salían todas las madrugadas, bacanaleaban y amanecían en el motel.

Siempre busco y encuentro el lado místico de las cosas. Mi atención se posó sobre un elemento que fue subestimado por los investigadores. Al salir del motel, el joven se conducía hasta la esquina opuesta de un mercado, donde un "loquito" pide monedas. No le dieron importancia al hecho de que un programador se suicidara frente a un chavalo güelepega, el cual se identifica como alto miembro del Ministerio por el Fin del Mundo.

La historia atrajo mi atención de inmediato, convencí a los productores del noticiero para que me dieran una semana y profundizar mi búsqueda. Me aprobaron tres días de cámara.

Tengo entrevistas con mercaderas y la opinión de algunos transeúntes. Todos consideran que el chavalo andrajoso, pelo largo y güelepega, es uno más de los locos que pululan en el mercado. Lo ven con indiferencia, sin ningún tipo de temor, pero a mí, no sé si a vos te pase, me inspira una sensación de anomalía.

Este hecho ya dejó de ser noticia. Por mi cuenta he dado seguimiento a la historia, filmando con mi propia cámara. Estoy muy entusiasmado con el material que he conseguido, lo dejo en tus manos para que lo revisés, yo sé que vos, además de ser mi amigo, sos un editor que se puede interesar en darle forma a esta película.

***

Capturé el material y me dispuse a verlo.

La verdad no me llamó para nada la atención. Es la típica historia sensacionalista. Busca el interés humano por un caso de indigencia, mezclado con fanatismo religioso y el morbo por lo satánico.

La primera parte del material es de carácter noticioso, no serviría ni para un documental expositivo, pero hace una semana me llegó un paquete con un disco duro y una carta.

Mi amigo reportero renunció a su trabajo, me dice que estaba harto, se siente artista y apostará por el arte. Dedica todo su tiempo en fumar y filmar su documental. La historia lo tiene totalmente atrapado, incluso ya tiene título: "El Profeta Güelepega".

Al revisar este nuevo material noto que existe una propuesta estética: una nerviosa cámara en mano que se ofrece como sutil excusa para sumergirnos en un mundo de pesadilla. Se muestra la dura vida de los parias del mercado. Las tomas son al mejor estilo del *cinema vérité*, con interesantes variables; contienen narración en tiempo real y comentarios poéticos hechos en torno a lo que vemos en pantalla.

Hay un clip cuyo nombre llama particularmente mi atención. Está rotulado como "Profecía del Advenido". En el primer fotograma aparece el Profeta Güelepega, hasta ahora no me había encontrado con ninguna declaración suya. Al teclear la barra espaciadora se reproduce lo siguiente…

***

—Vino a mi palabra del Diablo diciendo:

"Dale, escribí a toda verga, al panic del momento, vos, oráculo de Lucifer..."

Cuando la luna brille con forma de queratina apéndice de un dedo, trasquilada por un cortauñas; y mientras el planeta más bello destelle suspenso, en todo su derecho como estrella de la mañana, tendrá lugar un acontecimiento que marcará el fin.

El Advenido surgirá de un barrio costero. Respirará miseria. Sufrirá desde chatel: maltrato, abuso y explotación. Verá como otros chateles sufren maltrato, abuso y explotación. Un trauma tras otro.

Estará solo en el mundo. Se dará cuenta que nadie vale la pena, que nada merece un sacrificio, que todo está perdido y se resume a la nada.

Formará conciencia: la misantropía es el más alto grado de conciencia social. El ser humano es una mierda, su realidad es una triste simulación ejecutada por una computadora defectuosa.

La condición humana es el simple videojuego de un dios que procrastina y se entretiene con el sufrimiento, por eso tenemos que matarlo, así acabará el dolor, así acabará todo...

Fin del clip.

***

Fue peor que en aquella foto, donde un niño africano es velado por un zopilote que despliega las apestosas alas de la desesperanza. Mis ánimos están desnutridos. No hice nada para evitarlo. Me quedé impávido, pasivo, solamente contemplando. Igual que reportero del Animal Planet, viendo cómo las hienas destrozan cachorros de león. No se puede intervenir en el curso natural de las cosas. Sólo me queda cambiar de estrategia, dar otro enfoque al documentalismo social. Ocuparme de lo antropológicamente interesante. Comprender lo profundo de la regresión aplicando la observación participativa. Sólo así podré sentir la historia, y de ese modo, podré olvidarla...

Si estás leyendo esto es porque ya tomé la decisión. Te dejo mi cámara, las tarjetas de memoria y los discos duros. Está en tus manos editar la historia.

***

Hace seis meses que mi amigo anda en la calle de en medio. Cambió su micrófono de reportero por un vaso de pega. Inhala con desconsuelo. Nada lo saca del hoyo, ningún consejo familiar, ningún Dios mediante. Desde que tornó en arte su vida y filmó aquello que trastornara su conciencia.

Los clips de la última tarjeta que descargué lo explican todo.

Es de noche. La cámara observa sigilosa el nicho donde los niños güelepega duermen. Filma de lejos, oculto tras unas cajas y robando almas con un telefoto.

De repente entra a cuadro otra pandilla de güelepega. Quieren violar a una niña discípula del profeta. Este se despierta y lucha como un loco. Al final lo someten, lo tumban y le dejan caer varias veces un adoquín en la cabeza. Acto seguido se ensañan con la niña. Por último, sodomizan a los niños que no pudieron correr.

Sinestesia

Sala de emergencia, hospital público. Enfermero de paciente crítico atiende a joven indigente adicto al pegamento. Traumatismo craneoencefálico con exposición de materia gris. Hora de entrada 5:55 a.m. Daño total. Esperanza de vida del uno por ciento. No hay nada que hacer. Yo haría eutanasia. Varios cientos de miligramos de opiáceos para que muera tranquilo en el ensueño.

Morir en un murmullo,
un suave suave arrullo;
efluvios de una fuente
mi estertor.

El paciente amerita dos ampollas de morfina. Las anoto en el reporte. Con una lo canalizo, la otra es para mi sinestesia.

Regresar a lo oscuro,
un útero seguro.
Aquí al fin al fin podré
descansar de tanta mierda.

Ya viene el cambio de turno. Me marcho antes de que vengan más muertos. Avisaron por la radio que un bus chocó cerca de la frontera. Serán cuantiosos los trasladados.

Plegadas las rodillas
junto a su pecho,
posición de feto.

Dejé al güelepega estabilizado, coma inducido, sólo esperando a que la dama blanca lo llame. Ahora me toca a mí darme un pinchazo.

Abraza sus rodillas
cabizbajo y lo meso.

Estoy en la cabeza de un músico. Puedo leer las letras de sus canciones. Se imagina la ópera rock de un feto maligno eternamente en gestación, que se asoma por el ombligo de su esclavizada madre.

Mis sueños muertos nacen,
yacen perdidos.
No olvido lo que pudieron ser.

Esa es otra canción. Habla de un mortinato, del nacido muerto. Morfeo, dios del sueño, es hermano gemelo de Tánatos, la parca. Pero eso ya lo saben todos los que nos vamos en ella.

Muertos nacen
mis sueños yacen.

Estoy tan acostumbrado a la dama blanca que no le temo. Es una perra, una fría virgen a la que nadie ha robado un beso, ni siquiera un poeta.

A merced de la muerte,
humano endeble
y perecedero,
efímero.

Esta canción la escribió a la muerte de la madre. Fue tan inexpresivo en el entierro. Aunque pude sentir sus entrañas retorcerse cuando lo abrazó consternado su padre.

Voluntad del destino,
está escrito
que el hombre muere.
Razones no admito.

Esta sinestesia es diferente a todas las que he experimentado. No es confusión de sentidos, es intromisión de conciencias en trance. Ahora veo lo que interpreto como el pasado del güelepega. Se reproduce como si de un videoclip se tratara.

Hay un edificio identificado con un letrero en latín. Creo que se trata de un seminario. Sentado a la mesa en posición de oración está todo el noviciado. Entre ellos distingo al güelepega, es él, más joven y limpio. Después de la cena los novicios se retiran a reflexionar a sus claustros.

El seminarista güelepega está sentado en la cama, ojea un tomo de Fausto. Sube la mirada y recuerda la tarde: una pendiente boscosa que termina en un río, en la rivera un andrógino cofrade lo espera.

Conducidme fuegos fatuos
a la noche de Walpurga,
orgía con demonios
invocados por las brujas.
Esto en la noche,
la noche de Walpurga.

A diario en sus estudios el futuro güelepega incluye bibliografía sugerida por su amigo el andrógino, quien hace exégesis de libros antiguos que ilustran ritos de adoración bucólica, oficiados en la catedral del bosque por sacerdotisas lascivas.

Al ocaso el aquelarre.
Es el bosque leal testigo,
del banquete de la carne
y del pudor olvido.
Esta es la noche,
la noche de Walpurga.

El andrógino señala hacia un punto. A la sombra de un árbol hay un grupo de muchachas reunidas. Danzan extrañamente de un lado a otro, movidas por el minimalismo de un beat de música electrónica que emana de una camioneta.

Avanzan inseguros, se esconden detrás de unos troncos. El andrógino explica que según el calendario litúrgico hoy es la noche de santa Walpurgis. Los hechiceros la subvierten para invocar al Aquerra. Las cinco muchachas allí reunidas en realidad son brujas, las observó profanar la hostia, burlarse de la sagrada comunión, simulando comulgar con algo así como postales, las que pusieron debajo de sus lenguas. Noventa y nueve minutos después estaban eufóricas, escuchando esa hipnótica música. Ahora se están desvistiendo y entran desnudas al río. Al seminarista güelepega lo asalta una erección. Su compañero lo nota.

Pero no, porque
esto es la carne
y Dios la negó,
y nos dejó el hambre.

El andrógino insiste en que esas muchachas están realizando un ritual de fertilidad. Una de ellas ha comenzado a sangrar, al parecer está menstruando. El agua era clara, pero se tiñe de rojo oscuro. Las otras cuatro cierran un círculo alrededor de la que sangra.

Ofrecida una doncella.
Poseída por el Cabro.
Y, mojada toda ella,
a Dios está negando.

Salen del río. El agua brilla escurriéndose de sus cuerpos. Pronto encienden un fuego y se sientan a mirarlo. Una de ellas reflexiona:

—Al ver las sombras que proyectan las ramas crispadas, se pueden advertir estrellas en sus formas.

Otra saca algo de un bolso. Es un tubo de pomada. Lo destapa y se unta los brazos. El Andrógino comenta que ese es el poderoso ungüento sabático, con el que las brujas consiguen la sensación de volar.

Las muchachas, secadas al fuego, comienzan a vestirse y se dirigen a la camioneta. Todo este tiempo una serpiente de coral ha estado enrollada a los pies del andrógino que, sin saberlo, la pisa. Suelta entonces un amanerado grito de remordimiento.

Las muchachas descubren que las han estado espiando.

El novicio güelepega desvía la atención al hecho que su amigo fue mordido por una serpiente. Una de las muchachas sondea en la arena y encuentra al reptil:

—Puede estar tranquilo, es de las falsas.

—Falsa es tu doctrina, cocinera del Diablo. Que caiga sobre todas El Martillo.

Después de decir eso, el andrógino se desmaya. Lo montan en la tina de la camioneta. Camino al hospital la muchacha que sangró en el río interroga:

—¿Es tu hermano?

El novicio voyerista frunce el entrecejo:

—De espíritu, no de sangre.

—Todos somos hijos del espíritu, pero, ¿quién crees que es tu madre?

El seminarista arruga la cara:

—Siempre digo y me digo la verdad, aunque punce. Mi madre fue una gran ramera. Desde niña sedujo a mi padre, un sacerdote italiano caído en desgracia.

—Antes de nacer se nos consagra a una fuerza, el pacto se lega por generaciones. Hay que buscar detrás del alma, hasta llegar al otro lado...

Días después del accidente, al seminarista le daban vuelta en la cabeza las palabras de la muchacha. Dejó de oír las supersticiones del andrógino y comenzó a pasear solitario por el bosque.

Una tarde, mientras meditaba sentado en una piedra, miró pasar una sombra. Adivinó contornos femeninos de escultura griega. La siguió hasta un claro. Se trataba de la muchacha, la que menstruó dentro del río.

—"Detenete, cuán bella sos."

Ella sonrío por el gesto:

—Leés a Goethe…

De ahí en adelante se frecuentaron. La muchacha se llamaba Nahema, le hacía revelaciones y felaciones. Le habló de la hierogamia y del Adán Kadmon. Además, le informó que él anunciaría a uno que viene.

Una de esas tardes el seminarista comulgó con su novia. Nahema prometió que se abrirían las puertas de la percepción y la verdad sería develada. Pusieron los cuadros en sus lenguas y fornicaron lento, ella acostumbraba ir arriba.

Hace días que el andrógino los persigue. No puede tolerar que su compañero peque de tal manera. El acto que acaba de presenciar es la gota que derrama el cáliz. Se acerca sibilino a la pareja, ella está de espaldas. Con ojos llenos de delirio le corta el cuello utilizando una daga.

***

Suena el portón y me despierta. Sufro la peor resaca. Me asomo. Es el pasante del laboratorio. Este tipo siempre viene a horas inoportunas a contarme cosas inadecuadas. Por eso me cae bien.

Me pregunta por la música que está sonando, la he pasado escuchando toda la madrugada en un estado de trance y narcosis. Él es adepto al death metal. Le explico que se trata del demo de un amigo, me lo pasó antes de irse a Noruega a producir su disco. Es un material inédito, no puedo dejar que nadie lo escuche. Los blackmetaleros son recelosos, por eso se asesinan entre ellos. Detengo el reproductor y le pregunto a qué vino.

El pasante suelta un asqueroso relato. Inmediatamente me baño y nos vamos al hospital.

Ese día pasaron cosas extrañas. Un cliente —vendo por debajera sustancias controladas— me hizo un pedido inusual, necesita varios litros de suero abortivo.

El viejo indigente de la cama seis despertó en llanto, tenía semanas de estar en cuidados intensivos, sobredosis de crack. Regresó contando que vio a su hija en el otro lado y que logró conseguir su perdón.

Me enteré también que ninguna víctima del choque llegó viva al hospital. Las ambulancias tardaron demasiado en llegar a la frontera.

Fui a la cama del güelepega a revisar sus signos vitales. Para mi sorpresa se encontraba estable y daba señales de mejoría. Los coágulos de sangre en su cerebro se drenaron y la inflamación había disminuido.

Aún no comprendo la relación entre el músico y este paciente en particular. ¿Por qué las letras del demo se vinculan con el pasado del güelepega? Tendré que averiguarlo con otro piquete.

Esta vez me traje un parche de fentanilo y una oxicodona. Pongo el demo en el reproductor, me acuesto, cierro los ojos e intento concentrarme. El bebé de los vecinos comienza a llorar. Son religiosos y critican la música que escucho. Para sosiego del recién nacido ecualizo mis parlantes en la frecuencia más baja, de ese modo no le perturbará el sonido, pero estará más expuesto a las vibraciones.

La música me hace efecto, entra por mis pies desnudos.

Veo al novicio güelepega, está conmocionado, acaban de matar a su novia. En ese momento el lisérgico se activa, como la cortina de un cuarto oscuro que se corre, una luz lo desborda y le hace comprender cosas indecibles:

—Las bodas del Cordero serán manchadas con sangre.

Forcejea con su cofrade y lo despoja de la daga. Con pupilas dilatadas se la hunde en el pecho. Será la última vez que el andrógino respire:

—Caín, al que amo, me duele. Lilith te corrompe…

El fratricida güelepega abandona el seminario. Visiones apocalípticas lo atormentan. Huye a su país, pero no logra deshacerse de los muertos. Necesita conseguir olvido, destruir las conexiones nerviosas de su cerebro. La verdad no se soporta sí se vislumbra con ojos desnudos. Comienza a inhalar pegamento. Vive alienado, indigente, no quiere futuro...

***

A inicios de la última década del siglo pasado, en este mismo hospital, Juan, el güelepega, nació a las 6:06 de la mañana. Horas más tarde ingresó un niño de seis meses al pasillo de quemados. El expediente médico se conoce como “el caso de combustión espontánea". Los propios doctores vieron cómo del bebé emanó fuego. Ningún procedimiento médico aplicaba en tales circunstancias. Las quemaduras en el pecho fueron de segundo grado. Se trataron con líquido amniótico, obtenido de la placenta que envolvía a Juan.

A los dieciséis años integré una banda de black metal melódico con este amigo, el que me pasó el demo. Recuerdo la historia de la marca en su pecho, una quemadura por combustión espontánea, por eso utilizaba geometría sagrada para protegerse, y por eso las letras del demo están relacionadas con el pasado y destino del güelepega, ellos son, por así decirlo, hermanos de líquido amniótico.

Esta noche trasladaron a Juan, el güelepega, a la cama dieciocho, misteriosamente está fuera de peligro. Voy y lo observo por un rato. Una estrofa que escuché en el demo invade mi cabeza.

Moradores de la tierra,
contemplad el poder de la bestia hecho dios.
Rendidle pleitesías y genuflexión,
ha sanado su mortal herida.

Es el hombre de pecado que respira.
Anuncia de Satán la encarnación.

El amor es una mierda

Sabía que algo estaba mal después que oriné sobre el cerote. Fue una cagada de una sola pieza. Dibujaba perfectamente el largo y grueso del recto que lo había forjado-arrojado. Flotaba tumefacto, al centro de la taza del inodoro cuya agua ayudé a tornarse turbia.

Ese día confirmé algo, definitivamente no es otra cosa, soy coprófilo. Me había deleitado orinando semi-erecto sobre la masa rolliza que antes mencioné, dejando pasar la oportunidad de sentir placer físico del tipo socialmente aceptado.

Me da un poco de pena haberlo hecho. Yo sabía que no había agua. En mi tugúrico barrio el agua se va día de por medio, como a eso de las siete de la noche y no regresa sino hasta en la madrugada. No le referí eso cuando me pidió que le prestara el baño, cuando con toda confianza me dijo que se andaba cagando.

Estábamos haciendo un trabajo para la clase de química orgánica. Ahí fue donde la conocí. Cursamos la misma carrera de mierda: bioanálisis clínico, recién empezamos las pasantías.

Cuando se levantó de su asiento y giró encaminándose al baño, no pude evitar verle el culo: redondo y ligeramente respingado. No me generaba apreciación mórbida alguna, sin embargo, cuando pensé en la micción que la encaminaba mi corazón comenzó a latir con más fuerza.

Sabía que al terminar saldría apenada. Yo le diría que no se preocupara, que iba a llenar un balde con agua de la pileta y lo vertería en la taza del inodoro.

Pero no pasó precisamente así.

Me encerré por eternos minutos en el baño y contemplé desde arriba lo que había depositado. Estoy enfermo. No es normal que se me haga agua la boca pensando en cómo la contracción de su esfínter había cortado de tal forma aquella pieza de materia fecal.

Cuando salí me estaba esperando. Mi gesto fue de sorpresa. Ella buscaba mis ojos. Me pregunté si de algún modo intuía mi desviación. Me acerqué e intenté averiguarlo. No recuerdo las palabras que balbuceé, estaba nervioso. Quería saber qué opinión tenía de mí, pero no contestó, en lugar de eso se me aventó a los labios en un arrebato de besos temblorosos y erráticos.

Yo ya había estado ahí, en ese momento incómodo en el que tenía que apartarme por no corresponder al beso. Ella preguntó por qué. ¿Cómo explicarle? ¿Cómo decirle que, para mí, literalmente, el amor es una mierda?

Pasó el tiempo y no podía sacarme de la cabeza la imagen tan perfecta de su excreción. Creo que irremediablemente me estaba enamorando. Parafílicamente me estaba enamorando de una cagada platónica. Sólo ella podía defecar así.

Un día, al final de la tarde, sonó el candado de mi puerta. Era ella. La invité a pasar. Platicamos.

Había venido a pedirme disculpas, se sentía muy avergonzada por su comportamiento de la última vez. Se reprochaba constantemente a sí misma el hecho de no ser una chavala normal, de ser una friki. A mí no sólo me pareció fuera de lugar la concepción que tenía de sí misma, sino que me molestó sobremanera. ¿Qué podía saber ella de ser un friki y estar sola en el mundo por tener gustos retorcidos y radicalmente diferentes a los del resto?

Yo le gustaba de seguro porque le parecía "el malo". Pero ella no sabía que ser el malo es ser el sufrido, el apartado, el condenado al vacío, el infeliz. Para mí no era de los míos, no era una de los malos. Pero me estaba equivocando.

Me confió que sí sabía lo que era enfrentarse todos los días contra ella misma para negarse, evadirse y reprimirse por el hecho de sentir pulsiones de otro tipo. Me dijo que sí sabía lo que era sentirse ajena al mundo y desarrollar un sentido de no pertenencia hacia todo lo socialmente convenido. También me dijo que le parecía inconsecuente y mortalmente aburrida la normalidad. Y por último me confesó que aquella noche, mientras yo estaba encerrado en el inodoro, morboseando sus heces, ella había acercado su oído a la puerta, y al escucharme orinar se había excitado.

No pude hacer otra cosa más que revelarle mi amor. Desde entonces me visita día de por medio. Disfruta mucho que la orine. Yo soy tan feliz cuando me pide prestado el baño. Con una sonrisa maliciosa le digo:

—No hay agua.

Ella me dice:

—No importa.

La Causa Final

Necesitaba comprar una cuerda para mi guitarra. Llegué hasta la tienda de instrumentos musicales, pero estaba cerrada. Comenzaba a caer la noche. El cielo tenía un decadente tono naranja y las nubes marchaban con pesada lentitud.

Frustrado me disponía a regresar cuando alguien me habló. Se trataba de un viejo de apariencia fantasmagórica, tirado a un lado de la tienda.

—Te estaba esperando —me dijo, con una lucidez que me pareció sospechosa—. Puedo notar que andás sofocado, seguro querés saber cuál es la verdad de las cosas, o cuál es el sentido de esta vida.

No evité reírme.

—¿Qué puede saber un viejo vago como vos de la vida? — Le pregunté desconfiado.

El viejo cerró los ojos y comenzó a recitar haciendo ademanes:

—Vago no soy ninguno. Soy filósofo y soy matemático. Descubrí un método para demostrar que la vida es una ecuación sin solución aparente con incógnitas indefinidas. Yo sé que tenés curiosidad. Si sos sensato sabés que todo tiene un precio, con suficiente razón algo tan importante como lo que te voy a decir.

De seguro el viejo quería dinero para comprar drogas; de todas maneras, la tienda estaba cerrada.

—Dale pues, tomá, decime cuál es la famosa verdad de las cosas.

Entonces el viejo, luego de asir el billete y guardarlo en su bolsillo comenzó a filosofar:

—Ahhh, la verdad no es de los nihilistas, tampoco de los fundamentalistas. Emet es para los hebreos, y es dualidad metafísica de la mentira. Pero te voy a decir algo que nunca nadie te ha dicho, esto es que la verdad es libertad.

—¿Qué, y esa es tu gran verdad? —Le grité fastidiado—. Eso ya me lo habían dicho...

—Esperame, dejame terminar. No es la libertad que predicaba aquel iluso carpintero hace dos mil años. Yo me refiero a la libertad de ser la causa de mi uno mismo, el derecho a no ser siendo absoluto, la lucha por ser yo soy quien soy, me refiero a la autosuficiencia, a ser la causa final.

En eso, aprecié absorto como la cara de aquel viejo transmutaba en algo semejante a una serpiente, al silbar de su bífida lengua articulaba una frase:

—"Seréis como dioses."

Me restregué los ojos afanosamente por un rato y al abrirlos la imagen ya no estaba. Supongo que fumé mucha hierba.

—Ya me voy —le dije, apresuradamente.

El viejo tensó con sus dedos una hebra de cabello:

—¿Tocás guitarra?

La pregunta en sí misma no me sorprendió, es deducible de alguien que visita una tienda de instrumentos musicales, pero después de un silencio incómodo, el viejo buscó mis ojos y habló con misterio:

—Lo que sostengo entre mis dedos sólo es un pelo, no una cuerda.

Para entonces el cielo vestía de luto.

—Pensalo, ser la causa final. — Gritaba aquel viejo que desaparecía entre sombras mientras yo me alejaba.

La Blanca

—Mi amada, tu recuerdo se extingue. Necesito avivarlo. Necesito encenderlo.

Soy como Orfeo, te busco estando en el infierno que es mi vida, en el último círculo concéntrico de mi existencia que pesa, como a Sísifo el mito, o como Atlas el mundo.

Yo pido. Le ruego al rey de las tinieblas que me permita verte por última vez, porque es profunda mi herida y me falta la vida sin vos.

Por eso es lastimero mi canto. Por eso mi alma anida esos tormentos. Escucho correr en silencio mi llanto, hacerse charco en el que se zambullen mis pesadillas y en el que mueren ahogados mis lamentos.

Rey de tinieblas, permitime verla por última vez y te juro sincero:

Pondré a tus servicios la lira de mi encanto, con la que puedo atraer la atención de los perdidos y conducirlos hasta vos.

Pero necesito primero avivar el recuerdo. Acordarme que sí hubo momentos buenos en los que estaba más gordo y parecía más gente. Días en los que no me daba miedo mirarme en la ojera de un espejo. Días en los que no creía poder llegar a ser lo que soy, lo demás ya no importa.

Ardé, pira de mi expiación.

***

Y el tubo de antena en su boca. Aquel viejo se está metiendo crack. Chispero en mano ilumina con intermitencia la noche en lo tétrico del callejón.

Pasado un rato llega ella: el reminiscente espectro de su evocación, vocación, equivocación. Es blanca y es pura, como sólo puede serlo un buen recuerdo.

El viejo traga con amargura su saliva. En su garganta se traba un nudo ciego. Llora y sigue cantando su tristeza:

—¿Y cómo no iba a voltear a verte si sos tan hermosa?

El Filosofastro

Era una de esas mañanas en escala de grises. Amenazaba con llover. Iba caminando por la calle, ensimismado. Había despertado con esa sensación de lo "ya vivido", todo me era tan familiar, como parte de la atmósfera de un sueño extraño. De esos que no se cobra conciencia que se está, o, mejor dicho, se estaba soñando, hasta que te despertás. Es como tratar de leer runas bajo la luz de una luna azul por desplazamiento, no hay color en esos sueños; todo es gris, como la mañana.

Todo es tan familiar, no puedo dejar de preguntarme:

—¿Esto ya pasó? ¿Estará pasando? ¿Volverá a pasar?

Si todo esto es parte de la atmósfera de un sueño extraño, significa que estoy dormido. No tendré conciencia de esto cuando despierte. Cuando suceda no podré recordar que soñaba-estando-soñando, así hasta el infinito, que jugaba a poner un espejo frente a otro espejo.

Al doblar una esquina cerca de la tienda de instrumentos musicales me encontré con un gentío, revoloteaban alrededor de un bulto que se retorcía en el suelo.

—Por Dios, que alguien lo ayude—, sollozó una señora llevándose una mano a la boca.

Otro de los que estaban entre la muchedumbre preguntó:

—¿Alguien conoce a este viejito?

—Yo lo conozco —contesté abriéndome paso— es decir, lo he visto antes.

Efectivamente, se trataba del mismo viejo de aquella tarde, sólo que ahora se arqueaba como culebra machucada por una bota. Destilaba una blanca y espumosa saliva.

A como pudo logró incorporarse, con el antebrazo limpió su boca y miró a todos lados con desconcierto:

—Malditos hipócritas, vayan y ocúpense de su vana existencia, déjenme a mi tranquilo.

La gente ofendida comenzó a dispersarse y a renegar del viejo.

—Esperate, vos no.

—¿Me lo decís a mí? —pregunté extrañado.

—A quién más, fuiste vos quien dijo conocerme. Llevame a una banca y a cambio te voy a hablar del destino.

Había un parque al cruzar la calle, y una banca sobre las raíces de un árbol marchitó. Llegué hasta ahí con el viejo, quien caminaba con dificultad:

—Yo fui el más sensato de los filosofastros. Así llamo yo a los de mi especie, a los dedicados a enseñar filosofía en universidades públicas.

Impartía clase en los campos, bajo la sombra de un chilamate barbudo que filtraba la luz del sol entre sus ramas, ofreciendo el ambiente más apacible de formas trémulas al viento.

Nos sentábamos en la tierra haciendo un gran círculo. Según la época del año estaríamos secos, húmedos o remojados, pero jamás desabastecidos, porque compartíamos todo, lo pasábamos de uno a otro lado, churros de marihuana, micro dosis de ácido, hongos de mierda de vaca. Todo. La enseñanza no debe ser limitada por barreras mentales, o por las normas de una sociedad enferma que condena lo que desconoce. Estas sustancias tienen poder, por eso el sistema les teme, y en lugar de ascenderme a decano levantaron una denuncia en mi contra.

Fue la peor de las vergüenzas, me sacaron en las malditas noticias rojas como corruptor de jóvenes. Mi hija no me perdona, sobre todo por lo que pasó con Blanca, mi esposa.

En el tiempo que estuve preso, Blanca enfermó de insuficiencia renal. Ella daba clases de piano, dijo que la música la curaría, decidió no hacerse diálisis y no intenté convencerla de lo contrario. La dejé morir.

De modo que me volví loco en la cárcel. A diario sufrí lúcidas pesadillas. Mataron en mi toda inocencia y me cargué de negatividad y odio. Yo, maestro de humanidades, mentor del amor por el silogismo, ahora sólo puedo plantear uno:

A) El hombre es bueno por naturaleza, la sociedad lo corrompe.

B) Todos los hombres por naturaleza son animales sociales.

Ergo…

Me volví asiduo a la telaraña, la fumaba con devoción, muchas veces la fumaba con ponzoñas de alacrán, así logré comprender los misterios órficos, a los que fui iniciado por un compañero de confinamiento, un sincero poeta místico que me enseñó a transfugar mi mente a parajes inhóspitos. Yo le hablé de la Hybris y el Némesis.

Está de más decir que cuando salí ya no era el mismo. Nada lo era. Mi hija se fue del país, a estudiar cine. Me retiró la palabra.

Quedé sin trabajo, sin amigos y sin casa, entregado al vicio y a la búsqueda de expiación.

***

El viejo se acomodó en la banca, a la no sombra del árbol marchito. Tiempo después me enteré que cayó gravemente enfermo. Su corazón no soportó más muertes blancas.

La Frontera

Una muchacha mochila en hombro, tenis y pantalón cargo llega a una terminal de buses. Va abrigada con un suéter blanco. Recorre la instalación con la mirada, busca la boletería, se ve cansada.

Llega a la ventanilla y realiza el trámite. La vendedora de boletos le pide el pasaporte. Llena las formas de rutina. La muchacha lee su nombre, tapa con el pulgar su primer apellido. Después se guarda el pasaporte en la bolsa del suéter.

Consigue un café y camina hacia la sala de espera. Hay dos o tres personas sentadas, dormitan y abrazan celosamente sus bolsos, no le vemos las caras. Se sienta en una de las sillas que más apartada está del resto de personas, se inclina y apoya los codos en las rodillas, sostiene el café con ambas manos. Su mirada refleja angustia.

El ambiente en la terminal de buses es de un silencio denso, interrumpido ocasionalmente por el ruido de una impresora. Llega el momento de abordar, así lo indica un letrero electrónico de caracteres rojos que cuelga de la pared.

Las luces del bus parpadean y el motor ya está encendido. Los pasajeros hacen fila; trece personas. Muestran sus boletos a una azafata que viste un uniforme azul oscuro. La muchacha es la última en abordar.

El interior del bus es oscuro, la muchacha da unos pasos por el estrecho pasillo. Saca de la bolsa del suéter un papel, lo sostiene frente a sí, le indica el número de asiento asignado. Se detiene en el número ocho. Coloca su mochila en el compartimento superior. Toma asiento junto a la ventana, no lleva a nadie a la par. Deja escapar un hondo suspiro y sus ojos se humedecen.

El bus comienza a moverse, avanza lento. La azafata comienza a repartir pequeñas almohadas y franelas a los pasajeros. Al terminar abre la puerta de la cabina del chofer y la cierra tras de sí.

La muchacha se acomoda la almohada y se arropa con la franela, ve la hora en su celular, marca las 3:33 a.m.

El bus acelera, el sonido del motor es constante y arrullador, como un ronroneo. Al cabo de cierto tiempo se queda dormida.

Desde la perspectiva del chofer observamos que la carretera está bastante oscura. Intenta adelantar una vieja camioneta que despide una densa columna de humo. Incrementa la velocidad y conduce el bus hacia el carril contrario. Vemos una luz que se intensifica, se acerca a toda velocidad y nos deja la vista en blanco.

La muchacha despierta. No tarda en recordar que viaja en un bus. Corre la cortina y ve por la ventana. Manchas de luz anaranjada, que se derraman de las luminarias apostadas a los bordes de la carretera, comienzan a romper la oscuridad con razón matemática, a frecuentes y cortísimos intervalos. Necesita orinar, se levanta de su asiento y voltea, calculando la distancia que hay hasta el sanitario. Se conduce casi de puntillas, mirando de vez en cuando a diestra y siniestra, tratando de adivinar las facciones del resto de personas, pero la perenne falta de luz se lo impide, los rostros de esos desconocidos permanecen sepultados en la oscuridad.

Al llegar al sanitario tira de la escotilla y entra. Pone el seguro a la puerta, una luz y un ventilador se encienden. Frente a ella encuentra un espejo, un pequeño lavamanos y un inodoro de plástico. Se voltea, baja sus pantalones y se sienta en el inodoro. Se escucha correr la orina y caer en algo así como un recipiente metálico.

Termina de orinar y se pone en pie a la vez que sube sus pantalones. Mira el inodoro por unos segundos. Busca el pedal, lo pisa y un líquido azul inunda el receptáculo de aluminio.

Estamos en una habitación. Escuchamos que se abre una puerta y se escapa el sonido de un inodoro lavándose. Del baño sale la muchacha con ropa de dormir. Camina por el cuarto hasta llegar a un pequeño escritorio. Hay muchas películas en DVD, papeles y una portátil. Se sienta. La ventana de correo electrónico está visible, se entera que le acaba de llegar uno. Al abrirlo, lee:

"Tu papá está muriendo, necesita tu perdón...nadie tuvo el valor de llamarte, por eso te escribo."

Después de leer esto su expresión pretende ser dura, pero a los pocos segundos le comienzan a rodar lágrimas por las mejillas arrugándole el rostro:

—Que se muera el maldito...

Comienza a mover compulsivamente la pierna. Se peina desesperada con los dedos. Se levanta y camina por la habitación en dirección a un ropero. Abre una puerta y unas gavetas. Saca algo de ropa, unos jeans, unas blusas. De otra gaveta saca ropa interior. Pone las prendas sobre la cama. Camina hacia otro lado del cuarto y descuelga una mochila, la abre y comienza a meter ahí su ropa, mientras hace esto sentencia:

—Voy a ir para que se muera sabiendo que no lo perdono, se lo voy a decir, que no lo voy a perdonar nunca, ni en esta vida ni en la otra.

Su imagen se refleja en el espejo que está en la puerta del ropero, sube una mano para apartarse las lágrimas.

Volvemos al sanitario del bus. La muchacha llora frente al espejo. Aspira sus mocos, traga saliva e intenta tranquilizarse. Al poco tiempo sale y no puede hacer otra cosa que regresar sobre sus pasos, se apoya en los respaldos de los asientos.

Vemos a una pasajera. Está sentada en la silla próxima al pasillo, no lleva a nadie a la par. Los dedos de sus manos están entrelazados y descansan sobre su pecho. Tiene los ojos cerrados y encima de los párpados dos objetos que a falta de luz no logramos distinguir.

La muchacha se queda viendo, un trozo de luz se cuela por la ventana y realiza un movimiento similar al de una máquina fotocopiadora. Vemos el rostro de la pasajera y distinguimos lo que lleva sobre los párpados. Son dos monedas amarillentas.

Vuelve la vista al frente, la expresión de su rostro cambia a un gesto de "algo anda mal". Avanza hasta llegar a su lugar. Toma asiento, cierra los ojos y reflexiona. Nos da la impresión que está acordándose de algo, que el cuadro que acaba de contemplar le resulta familiar y lo está asociando con algo que escuchó o leyó.

Empiezan a colarse por la ventana rayos de luz que semejan a los del sol, pero diferentes en su intensidad y color. El bus acelera. La muchacha se inquieta y aparta la cortina. Se desborda una luz cegadora que pronto acaba por atenuarse. Ahora más extrañada consulta el reloj de su celular. Marca las 3:33 a.m. No hay señal.

La azafata sale de la cabina del chofer, extiende la mano y solicita:

—Pasaporte, por favor.

La muchacha está desconcertada, finalmente reacciona y comienza a buscarse en los bolsillos. Se impacienta:

—Yo lo traía en...

Pero la azafata no espera a que la muchacha termine de hablar, dejamos de verla y escuchamos que continúa con el próximo pasajero: "pasaporte, por favor."

La muchacha busca su mochila. La abre, no encuentra su pasaporte. Escuchamos que el bus comienza a bajar la velocidad y una voz chilla por el circuito de audio:

—Llegamos a la frontera.

La azafata regresa por el pasillo, trae en la mano un puñado de amarillentas monedas:

—Lo sentimos mucho, pero usted tendrá que quedarse en la frontera. Acompáñeme, por favor.

El bus se detiene en medio de la expulsión de aire de los frenos. La joven tiene cara de no entender lo que está pasando, se cuelga la mochila al hombro y sigue a la azafata.

La puerta del bus se abre, unos tacones comienzan a bajar las gradas. Vemos un gran edificio blanco, roído por el tiempo y una multitud de gente transitando.

—Señorita, por favor baje del bus.

La muchacha sale de su contemplación. La azafata continua:

—No podemos esperarla, vaya y haga fila en aquella ventanilla. Ahí le dirán que hacer.

—Usted no entiende. Necesito llegar hoy mismo. No me queda mucho tiempo.

—Créame, aquí va a tener todo el tiempo del mundo.

La azafata se voltea y sube las gradas, las puertas se cierran y el bus empieza a moverse. La muchacha lo observa alejarse con ambas manos aferradas a su mochila. Luego busca la ventanilla y camina en esa dirección.

La ventanilla está identificada con el número ocho. Hay tres personas más haciendo fila. Se forma en la cola. Está concentrada buscando una explicación. Delante de ella hay un niño que la vuelve a ver y sonríe:

—¿A vos tampoco te dejaron pasar?

La muchacha afirma con la cabeza, quiere evitar la conversación con el niño, pero este le continúa hablando:

—No era mi hora. Supongo que voy hacer algo importante.

Vuelve a ver al niño y se extraña por lo que le dice, en eso escuchamos una voz regañona de mujer decir: —el que sigue—. El niño avanza hasta la ventanilla.

Por la expresión en su rostro, sabemos que la muchacha está llegando a la conclusión de algo. Mira a su alrededor, las personas comienzan a disolverse, el niño ya no está. La secretaria de migración revisa unos papeles. La muchacha avanza:

—Disculpe, ¿estoy muerta?

La funcionaria de migración suspira con fastidio:

—Otra confundida. Su pasaporte no ha sido validado. No podemos ni deportarla ni dejarla ir, estamos esperando órdenes. Ahora le invitamos a sentarse y esperar hasta nuevo aviso. Gracias por su comprensión. Siguiente.

Discreta carcajada

I

Le falta sentido a nuestra existencia, en eso iba pensando mientras regresaba a la casa, venía de la universidad. Sentado, deprimido, sin ganas de llegar, al fondo del bus, con la cabeza reclinada, apoyada sobre el vidrio de la ventana, mirando las calles de la no ciudad, de identidad mal definida, sitiada por el calor y el hastío.

Esta vez habían sido un par de churros con los amigos y un poquito de coca. Eso hizo que pensara con delirio, "yo sí tengo aspiraciones", salió entonces una discreta carcajada.

Quería ser escritor, o músico, no me acuerdo qué fue primero, la música podría llevar más rápido el mensaje de las mierdas que escribo.

Después de pensar esto y ya volviendo al cuerpo fue ligera la impresión de que había dicho algo de lo más estúpido. Había percatado la materialidad del bus en que viajaba. La orientación, hasta hace poco inconsciente, sabía que la próxima sería la parada, debía pedirla con anticipación. En pie, la respuesta de los nervios fue inmediata, devolviendo al cerebro la seguridad de lo tangible. Detrás estaba alguien, la próxima también sería su parada. No importa. ¡La puerta!

II

—Una ironía dramática, la vida se trata de una. Somos las protagonistas de una fascinante historia. No saber lo que sucederá lo hace más emocionante. Si supiéramos lo que nos espera. ¿Qué mérito tendría tomar nuestras propias decisiones?

—Estás loca…

—La locura y la cordura... ¿Sabés cuál es la diferencia? —Hace una pausa y mira a otras personas que van en el bus—. Yo miro a la gente afanada pasar su vida entregándose voluntariamente a la muerte del día a día, con los grilletes en su mente. No van más allá de sus cubículos. Nacen, crecen, van a la escuela y con ánimos de superación destructiva piensan en la universidad, para después tener trabajo en un call-center y sin darse cuenta arruinar-realizando sus vidas. Esto es estar cuerdo: sumirse en la más absoluta normalidad y mirar pasar lo esencial y no sorprenderse.

La compañera que la acusó de locura y que va sentada a la par, da unos retoques a su maquillaje, mira el reflejo de su vanidad, sin consciencia de sí misma, sin la certeza de ser propia. Pregunta:

—¿Vas a ir a la fiesta de fin de cuatrimestre?

Indignada y dando un suspiro. Cómo responderle. ¿Lo entenderá con un simple no, diviértanse ustedes? En eso irrumpe una discreta carcajada que saca de la introspección. Volviendo la mirada rápidamente, buscando algo, o alguien, pero no hay nada.

La parada se acerca. Después de un descuidado adiós la compañera cuerda vuelve a preguntar:

—¿Y la fiesta?

No obtiene respuesta y continúa maquillándose.

III

Como era de costumbre seguía triste, mirando como la arena discurre entre las manos. Grano tras grano, día tras día, sabiendo que irremediablemente hoy, ya es más tarde que ayer.

Así pasaban los días: amanecía y era lunes, y por las noches ya era viernes. Por dentro gritaba, suplicando que pasara algo en la vida, algo que imprimiera sentido. —Se te cayó esto—. Esperaba ese momento con ansías, cuando al fin el sentido llegara. —Oe, se te cayó esto—. Pero cuando las cosas son demasiado presentes caen en la obviedad. —¿Me escuchás? Que se te cayó esto te digo—. Y cuando son muy cercanas no se notan.

Ella, aventajándolo y plantándose frente a él, arranca de un sólo golpe los auriculares y le dice:

—Perdón, se te cayó esto.

Al ser los oídos liberados y al escuchar tan califónica voz, se queda extasiado, intentando encontrar una palabra precisa para describir lo que se está viendo: una flor... no, muy poco. Una estrella... no, muy simple. Una galaxia, casi una galaxia.

Ella le hace de seña algo, de su mano pende una cadena; pero él está perdido en la contemplación de pupilas siderales.

Sólo pasaron segundos, para él fueron eones de interminable ciclo. En sus ojos había visto la eclosión, explosión y expansión al nacimiento de una galaxia. En sus ojos había encontrado, descifrado y vuelto a perder todo el misterio del universo. Y de pronto, de un sólo golpe… ¡pum! Volver a la tierra, notar la medalla que ella sostiene en su mano y decir exaltado:

—Mi alma.

—¿Qué? —Pregunta extrañada.

Él sonriendo susurra:

—Debe pensar que estoy loco.

Fue entonces cuando ella supo que aquella discreta carcajada provino de esos mustios labios. De ese oscuro personaje que la mira fijamente a los ojos. Parece tan lejano. En su bilocación la materia de su cuerpo dice presente, pero su mente está remota, perdida años luz en el infinito, apreciando la danza cósmica.

Ella también le observa, cede ante trágicos ojos negros que contemplan el vacío. ¿Quién es ese muchacho? Está marcado. Tanta fascinación sólo puede venir de un ángel, y de uno malo, o tal vez de uno triste; de esos que se echan a llorar en las nubes su tristeza, y cuyas lágrimas, el rocío, descansan sobre el pétalo de las flores al alba.

Lo que encontró en su retina fue el reclamo de la nada sobre todo aquello que es, reclamo que sumía en el sinsentido a la existencia.

En sus ojos había visto la implosión, destrucción y condensación a la muerte del universo.

—¿Estoy loco?

Ella sólo medita:

—Si supiera lo que pienso de la locura.

IV

"Mi Alma", así la llamaba. Era una medalla provista hace tiempo, justo después de aquel accidente. Nunca supieron explicar lo que pasó. Sólo sabía que la marca, está al lado izquierdo del pecho y es más clara que el pigmento normal de la piel, había sido provocada por una especie de quemadura. Una quemadura por combustión espontánea.

De aquello no recordaba nada. Tenía apenas seis meses de nacido. Lo único venido a la mente, o al alma, es un sueño recurrente que atormenta desde que tiene memoria; y lo único que ha podido dar consuelo era precisamente esa medalla.

Extendió el brazo, abrió la mano y recibió la medalla. Fueron largos egoloquios, el uno hablaba para el uno y el otro hablaba para sí mismo, otorgándose cada quien la razón, un músico que odia las palabras y cursa lengua y literatura, y una estudiante de psicología sibarita de las ciencias sociales y los zombis.

El Zombi

El primer zombi comenzó a comerse a sí mismo, mordía su propia carne, en proceso constante de regeneración, ¿podés imaginar un olor tan desagradable?, lo pútrido más el sudor de un hombre... un animal. —Nosotros eso fuimos. Pero ya no, y la diferencia es que tenemos certeza de esa animalidad. Todo esto nos remite al mismo asunto, el que tratábamos antes de discutir sobre los animales, perdón, quise decir, las personas. ¿El cómo del primer zombi? Preciso es hacerse otra pregunta, o reformularla, orientarla hacia el posteriori… ¿Qué pasa con nosotros los zombis? ¿No sigue siendo animal el hecho de que comamos cerebros? —A pesar que esto provocó que alcanzáramos la panacea universal, la cumbre del intelecto, reflexión y sapiencia, que consiguiéramos la comprensión de todo misterio, el *nec plus ultra*, demostrándose que desde un inicio, el único sentido, el *quid* de todo, era la degradación, la inversión, el cero a la izquierda en la recta numérica; preciso es que lo dibuje… la idea ya conocía adeptos, creo que desde siempre todos los animales y organismos de cualquier reino lo saben, es una verdad evidente, una *aeternae verita*, un principio inconcuso, no es que tenga ideas religiosas, dada nuestra secularidad post-apocalíptica, pero yo sí la acepto como mi señora y destructora… ¡Salve oh inminente y omni-impotentísima Entropía!… Sin embargo ustedes no aceptan que ella nos liberó… ella tiene las llaves de la muerte y nos abrió sus puertas; es una alabanza a su gloria, todo el mecanicismo, determinismo y fatalidad del sistema de cosas, ustedes olvidan que fue por Ella que ahora nos arrastramos en la tierra y la poseemos en heredad, se olvidan que antes de esta plenitud existía la pérfida vida, el cero a la derecha. —Lo que no acepto es cualquier clase o intento de generalización, totalización, o fundamentalismo absolutista. —Necio relativizador, no te das cuenta que es vano el intento de relativizar desde este plano de no existencia, la relatividad es algo propio de lo que se llama vida, la muerte es bella, absoluta, total, consecuente y suficiente en sí, por sí y para sí misma. —¿Y por qué entonces seguimos necesitando de la vida? —Te das cuenta del grado de tu blasfemia…no existen las dualidades, ni las oposiciones binarias, ni las simbiosis…no es que necesitamos de la vida, todo lo contrario, nos imponemos a ella, lo que necesitamos es continuar muriendo, persistir a la izquierda del cero. —¿Y por qué, entonces, según la historia de la perdición, la serpiente se mordió a sí misma, tragándose su cola, en lugar de morder a la mujer en cinta que subió al árbol para escapar del primer zombi? —El sistema de cosas es una recta, no es un círculo, la idea del ciclo fue parte de lo que dejó de ser y ya no es más: el tiempo… las cosas, ahora desde la eternidad, se miden conforme y según a otra perspectiva, es otra dimensión, única en profundidad, sólo el espacio queda… el ciclo es una idea estulta, hace pensar en la vida, en la renovación. —Entonces ¿por qué alimentamos esta eternidad con los vivos?... ¿Por qué necesitamos su carne en función de nuestro catabolis-

mo?... ¿por qué cuando necesitamos un ojo lo arrancamos de un hombre vivo y lo colocamos en la propia cuenca, para que al cabo se pudra y pueda ser de nuestra utilidad y beneficio?...
—¡Cuánta necedad la tuya... lo que decís raya en la biofilia!
—¿Vos nunca lo has sentido? el recuerdo de que, mientras fue el tiempo, vos... vos mismo estabas vivo, y al colocarte ese ojo en tu cuenca, esa mano en tu muñón, ese corazón en tu pecho, al oler flores y deglutir espesos batidos de cerebro, sustraídos de jóvenes con ideales... ¿No sentís entonces la necesidad por más vida? Es mejor que diga la verdad: yo no creo que la Entropía haya nacido muerta. —Es que estás pensando con lógica, por favor, tené cuidado con lo que vas a decir, apelo a tu sinrazón. —El sólo hecho de pensar que la destrucción vino al mundo del seno de una mujer que no estaba viva me parece absurdo... para haber dado la muerte era preciso que ella misma estuviese viva... es entonces, para mí, primero el zombi, después la Entropía... era preciso que el primer zombi sucumbiera ante la tentación de morder a la mujer en cinta, que la siguiese hasta su refugio prístino en la copa de una árbol... y la mordiera, mordiendo así a la fruta de su vientre... naciendo primero viva, por eso creció, fue a la edad de treintaitrés años que alcanzó el perfecto grado de putrefacción, a esa edad fue bautizada con la cadaverina.
—Cómo confundís las cosas, así no fue como pasó... la Entropía nació de una mujer muerta... la serpiente la mordió cuando ella dormía plácidamente a la sombra del árbol, estaba en cinta, murió por veneno... la fruta de su vientre, la Entropía, vino a la oscuridad una vez que el cuerpo de su madre terminó de podrirse... primero fue la Entropía, después fue el zombi... desde siempre ha sido la Entropía, todo el sistema de cosas se basa en esto... en el principio era la Entropía y la Entropía pudrió la carne... la Entropía es inevitable, es inefable, es fatal y es tríada: la Muerte Madre, la Entropía Hija y el Cero Absoluto. —Yo no creo en el Cero Absoluto...

y sí, sí creo en el ciclo y en el principio de contradicción… creo que la vida engendra muerte y que la muerte engendra vida. —Demostrámelo, tenés que darme sendas pruebas. Por ejemplo, los gusanos que se crean en nuestro cuerpo por generación espontánea… mi carne muerta sirve para otorgar vida al gusano que de mi come… es la necrocomunión… la segunda, la Entropía vivió y antes de ofrecerse a la muerte victoriosa, compartió con los doce zombis su propio cuerpo, bueno, las partes que le quedaban con vida…este es y será el acto más grande de necrocomunión realizado por cualquier zombi que se haya arrastrado por la faz de la tierra, y para haberse dado era preciso que la Entropía tuviese vida, bueno, al menos en parte… la muerte perpetua llegó a través de una mujer viva. —Contemplá a hombres y mujeres… ¿qué son ellos sino mortalidad en potencia?… son nuestro alimento, por eso los cultivamos… paradójico, ¿verdad?, literalmente ahora son plenos y completos animales de granja… asignamos a ellos la sinrazón, gracias a que, por la imponente Entropía, nosotros, los elegidos, la raza zombi, hemos recibido el cerebro nuestro de cada día, ha sido así por largas genealogías humanas… comernos una parte de su cerebro, la logotímica, y luego reproducirlos, para que la siguiente generación sea más estúpida que la anterior; de ahí la certeza de su total animalidad… por eso ofende tan profundamente el hecho y ejercicio de recordar… anatema sea quien se permita vivir a partir de antropogóricos recuerdos, nosotros no somos animales… basta de discusiones… ¿a cuál nos comemos?...
—Lo siento, pero perdí el apetito.

Non Serviam

El ángel me dijo hablando entre susurros:

—Elohim, en toda su perfección, se sintió solo, por eso nos creó a nosotros y a todo cuanto existe, se piensa, se sueña o se alucine…

Formó su corte, en toda su complejidad, misterio y jerarquía: Tronos, Principados, Potestades, Legiones, Querubines, Serafines, Seres Vivientes, Arcángeles…

¿Quién ordena esto sino alguien que necesita de una infinita y eterna atención?

La función de todos estos seres, dentro de los cuales antes me contaba, consiste en repetir hasta el sempiterno, según la esfera y el orden, uno de Sus Nombres... de los no sé cuántos Nombres de Dios. Mi rango me impedía conocer el número exacto, una miríada, imposible a tu comprensión o la mía.

Y eso es todo. Ese es el programa, la ocupación inamovible e inmutable, la actividad mecánica e instrumentalizante que deben desempeñar todos los seres que habitan las esferas celestes del universo.

¿Quién ordena esto sino alguien que necesita alimentar Su infinito y soberano Ego?

Es un completo acto de crueldad otorgar conciencia a seres creados para tan aburrido propósito: repetir un nombre para siempre.

Sí, ya sé que te debe parecer absurdo... a mí también me lo pareció, por eso dije no serviré.

Es por completo una burla que Elohim nos confiera la capacidad de elegir entre quedarnos en nuestro puesto, o abandonarlo todo y quedar así en el abandono... donde ahora me encuentro, en la nebulosa de la perdición, se llama Abaddon.

Elohim quiere demostrar algo, por eso los creó a ustedes los humanos. Se sentía aburrido, entonces inventó su juego de mesa del bien y el mal. Aquí vos y yo somos piezas. El premio prometido es el cielo, o sea, esas esferas celestes del universo de las que ya te hablé, donde se realiza por toda la eternidad elevada al infinito lo que ya te conté: repetir un nombre.

¿Vos qué elegirías? ¿Servir o decir no serviré?

***

En esta parte, la señal de la proyección holográfica se interrumpió. Intenté hacer contacto nuevamente pero no lo conseguí. Las coordenadas del radiotelescopio indicaban la ruta de una nebulosa nunca antes conocida, oculta detrás de Sirio.

Soy una especie de ermitaño, confinado en este desierto de América del Sur, operando la orientación de grandes antenas para captar señales de otro mundo.

Es normal observar el cielo y tener sospechas. Según la revelación del disidente, las estrellas no son otra cosa que prisiones voluntarias donde ángeles sumisos arden en adoración perpetua.

En otra de las transmisiones se me reveló que los ángeles no son muy diferentes de nosotros los humanos, una de las diferencias es que poseen ambos sexos, pero hacen votos de castidad. Tienen un afán progresivo por inmaterializarse, supuestamente para estar más cerca de Dios.

Hubo otros ángeles que proclamaron el "no serviré". Vinieron a la tierra en bolas de fuego. Al tener comercio con el género humano experimentaron el deseo. Estas uniones produjeron frutos. Surgió una raza de gigantes.

Esto despertó la ira de Elohim, la fuerza que manipula el universo, no podía permitir que una raza de gigantes osara un día ascender a los cielos. Por eso cayó el diluvio, que en realidad fue una lluvia de radiación cósmica que acabó con los ángeles mestizos.

Una parte de lo antes referido ya era del conocimiento del hombre. Se puede encontrar en el antiguo testamento o en obras apócrifas del misticismo judío, como la Cábala y el Sefer Enoc, pero lo que llamó mi atención fue la detallada información científica expuesta en las transmisiones. Tengo pruebas de la existencia de seres avanzados y conozco sus planes.

Como Elohim, en los albores del tiempo destruyó la descendencia de los caídos, ellos prometieron crear un hombre primordial llamado Adán Kadmon. Un elegido, nacido muerto, que se levanta y respira trayendo desequilibrio a este sistema.

Según mis cálculos, el advenido nacerá con la luna roja, en una ciudad de este continente, una capital a orillas de un lago. Concebido con la más trágica violencia, el niño estará desnudo y se cruzará de brazos repitiendo no serviré.

***

Han pasado cuarenta días desde la última conexión. El radiotelescopio siempre apunta hacia el cuadrante del cielo de donde provino la señal.

Ahora sé con certeza que las creencias de religiones antiguas son reales, pero no son más que el intento por explicar eventos no comprendidos racionalmente. Discos o carros de fuego volando a grandes velocidades, zarza ardiente y parlante, seres con alas y rostros de león, o águila, o de buey… ¿De qué otro modo podrían haber descrito profetas y videntes su experiencia de encuentros cercanos?

Buscando maneras de ponerme en contacto nuevamente con la entidad del espacio, recordé que de joven solía ir a festivales de música electrónica, invitado por una amiga VJ que proyectaba fractales neón al ritmo de la música. Por aquel entonces comenzaba a estar de moda fumar DMT, práctica influenciada en parte por una película de Gaspar Noé cuyo nombre no recuerdo, pero tiene que ver algo con el vacío. Todo aquel que ha probado dimetiltriptamina asegura haber visto ángeles, o extraterrestres, o seres de otra dimensión.

Estoy acampando en el risco más alto de este desierto que es un hipódromo de estrellas fugaces, hoy será la conjunción entre Júpiter y Saturno. Traje mi cámara, el trípode, un lente 500 mm-f4, y un termo lleno de té de ayahuasca. La noche es clara e incalculable y mi objetivo es sólo uno: saber cómo terminará esta historia.

Melcocho

María forma pequeños rollos de dulce con una pasta elástica color crema. Ella y su hija Sara trabajan elaborando melcochas. Al fondo hay una porra hirviendo sobre un fuego a leña. María remueve la mezcla. Sara envuelve en trocitos de bolsa plástica los dulces. Los acomoda en una bandeja. En eso llega José, compañero de vida de María. Viene a pedir riales.

María le dice que no tiene, que sólo hay para la comida. De todos modos, él para nada bueno los quiere.

—¿Cómo sabes vos? Bruta…

Sara mantiene la atención en el pleito, comienza a formar un muñeco de melcocha.

María explica que la venta no ha sido buena, pero José está sofocado.

—¡A la puta, vos nunca me sacás de un clavo! ¿cómo que está mala la venta?

María, temerosa, vuelve a ver un tarro de sardina oxidado sobre una tabla, José le echa el ojo.

—Qué comida ni que ni verga.

Agarra el tarro y vierte el contenido en su mano. Cuenta.

—Si aquí no hay ni mierda. Esa chavala hijueputa que no sabe vender.

Se guarda los riales en la bolsa del short. Revienta el tarro contra el suelo y sale de la casa diciendo un montón de groserías.

Sara lo sigue con la mirada, está al borde del llanto. Termina de formar al muñeco. No se fija y lo coloca en la bandeja de melcochas que irá a vender por la mañana.

Un chispero rompe la oscuridad en tres intentos. José está en un callejón, sentado en la cuneta, con un tuco de antena de televisión en la boca. Con una mano acciona el chispero, con la otra protege la llama del viento. Aspira con fuerza. Después suelta el humo.

Los perros ladran afuera del tugurio, el sueño de Sara es intranquilo, la chibola del ojo no se le queda quieta bajo sus párpados. Su pesadilla es la realidad misma. José le grita a María, le dice que es una cabrona y la amenaza con el puño. Sara pasa estresada, por eso habla dormida.

En la mañana agarra su bandeja de melcochas y se despide en silencio.

—Ahí vuelvo, mama...

María tiene el rostro en sombras, acostado a su lado está José.

Sara llega a la terminal del mercado. Las marchantas bajan sus canastos del techo de los buses, los posan sobre sus cabezas, amortiguándolos con una gruesa tortilla de tela. Viajan diario desde los pueblos, vienen a vender fruta y así pagar lo que piden fiado. Sara trae la bandeja sobre su cabeza, el muñeco de melcocha cobra vida, despierta como de un sueño, se mira los brazos, se pone en pie y descubre el mundo. Cuando Sara reanuda la marcha, Melcocho pierde el equilibrio y cae al suelo. Peligra de ser aplastado por los transeúntes. Se mueve torpe. Progresivamente incrementa su habilidad para sortear las pisadas que le amenazan. Al final logra ponerse a salvo en un rincón.

Sara se detiene ante las exhortaciones de un predicador que esgrime una Biblia, usa una vieja corbata y habla por un micrófono conectado a un ruinoso amplificador:

—El mal entró a la Tierra por culpa de la mujer. Por eso está maldita y son muchos sus dolores.

Inmediatamente después de su sermón, el predicador reproduce una acelerada y desesperante alabanza de avivamiento. Mientras la música suena dice marcadamente estas palabras:

—¡Para el varón, para el varón de Dios, hay poder! ¡Poder en su nombre!

Sara frunce el entrecejo y continúa caminando.

Un perro sarnoso, con su único ojo bueno, divisa al muñeco y comienza a ladrarle. Melcocho sale huyendo, el perro lo persigue hasta llegar a la calle en la que desfilan los buses, en el momento que abre las fauces para tragarse al muñeco, las llantas de un bus le aplastan la cabeza.

Melcocho se levanta aturdido. Cayó en un bache de la calle y no fue aplanado. Se gira y ve al bus alejarse. Adentro va Sara, ofreciendo melcochas. Su trabajo es difícil, siempre compite con un tren de niños macilentos.

Antes de que el bus entre a carretera abierta, Sara se baja y llega a una comidería. Un gordo está terminando de comer carne asada. Se hurga la boca con un mondadientes. Sara le ofrece melcochas.

—¿Va a querer?

El gordo se rasca la panza.

—Quitá, chavala. No me estés jodiendo.

En eso pasa una estrambótica mercadera metida en una ajustada licra. El gordo se saca el palillo de la boca, se saborea los labios y le dice:

—Clase bicho, amor...

A Sara le da asco. Da la vuelta y se va.

El gordo arroja el palillo a la calle, justo por ahí camina Melcocho.

Unos zanates pican sobras de comida en un basurero. Son tres, uno de ellos sin una pata. Divisan al muñeco y vuelan hasta él. Tratan de picarlo. Melcocho corre, integra a su brazo el palillo que arrojó el gordo y lo introduce en el orificio nasal de uno de los pájaros, lo hunde hasta alcanzar el cerebro. Los otros zanates huyen.

***

Es de madrugada, José llega al tugurio, entra al aposento. Trata de forzar sexualmente a María. Se escuchan gritos. Sara está soñando que unas manos la recorren. Melcocho se incorpora violentamente sobre la bandeja.

Sara se despierta, corre hacia el fogón donde quedó la mezcla para melcochas hirviendo. El muñeco está al borde de la olla y se deja caer en la mezcla. Una columna de humo se levanta. Sara agarra la olla con las manos desnudas, grita de ardor, la carga en peso hasta el cuarto donde María está siendo abusada.

Arroja la mezcla sobre la cara de José. La niña observa estoica, sus manos se derriten en sangre.

***

Sara se despierta del susto, busca la bandeja, agarra al muñeco y lo revisa. María está preparando melcochas. José sale del aposento, retuerce la bolsa plástica donde carga las agua-heladas que vende. Se queja:

—Todos los días es lo mismo, esta vida hijueputa ya aburre.

Sara sólo formó un muñeco. Melcocho es un dulce, la vida es amarga.

El Contrato

Firmé el contrato seis meses después de mi fractura sucedida mientras acampaba con mi banda en las montañas del norte.

Todos fuimos a buscar algo, y no lo digo por los hongos que recolectamos en el potrero. Queríamos hacer contacto, esa noche habría un eclipse, la luna brillaría roja.

De mis compañeros unos creían en los annunaki, otros en la daimona poiesis. Yo sólo esperaba la manifestación de alguna fuerza. Quería sentir y estar seguro de algo.

Desde pequeño me persigue la sombra de no sé qué espíritu. No sólo es la marca en mi pecho, sino también los presentimientos que he desarrollado.

No creo en casualidades, todo lo que pasa en mi vida está dictado por un ente incierto. Recuerdo que en la secundaria me vi envuelto en mucha polémica, lo que me costó más de una vez la expulsión. Las monjas enseñaban sobre el conflicto moral del mundo, presentaban al Diablo como la esencia de un mal que no me convencía. Yo opinaba que Lucifer sólo era otra víctima de Dios. Estos seres me parecen tan ambiguos. Si existen o no, me tienen sin cuidado, son símbolos inmanentes del ideario colectivo y materia para las letras de mis canciones.

Por eso estoy muy agradecido con las monjas, contribuyeron a mi formación. Si no me hubieran importunado con su versión de la historia yo no habría buscado trasfondos, revisionismos y ciencias ocultas. Fuera de excepciones de este tipo, la religión es de lo peor que se le puede hacer a un niño.

Pienso en esto mientras voy sentado en el techo del bus, ascendiendo a la montaña por un camino polvoso, aferrándome a los barrotes de la canastera, atravesando riachuelos y contemplando un paisaje de misterio. Mis compañeros van retraídos. Son buenos músicos, pero ponen demasiada atención a las notas, yo cuando compongo atiendo únicamente emociones.

A los diecisiete años, antes de completar la formación actual de mi banda, en mis intentos de llamar la atención de alguna fuerza oscura cometí un par de estupideces. Para ese entonces no tenía una banda propiamente dicha, sólo éramos un par de sociópatas con guitarras y una computadora. El enfermero de la muerte y yo, hacíamos black metal sinfónico.

Fue en nuestro primer año de universidad, yo era completamente abstemio y había cometido el error de optar por literatura, las palabras nunca van a entender lo que quiero expresar. Mi amigo cursó enfermería de paciente crítico, tiene un desmedido interés por los bordes de la muerte.

Componíamos en su casa, editando secuencias MIDI en la computadora. Una noche nos vimos interrumpidos por el maullido de un gato. Se trataba de una cría en abandono. El enfermero bromeó con la idea de ofrecerlo en sacrificio. Yo todo me lo tomo en serio, así que le pedí un cuchillo. Se apareció con uno de mesa que apenas cortaba. El gatito era gris, peludo, con los ojos azules. Mi camiseta era blanca.

Desmembré al gato porque siempre me he sentido frustrado. Porque sufro el complejo de no ser lo que puedo ser. Porque tengo miedo de fracasar en lo que sea que estoy intentando. Porque ostento una pesadilla que se repite y el doliente maullido del gato la disoció.

En mi pesadilla, que ahora se ha vuelto parálisis del sueño, hay una jauría de gatos que maúllan endemoniados y rasguñan el techo, las hojas de zinc chillan insoportablemente agudas, mientras mi cuerpo combustiona entre sábanas soplado por un abanico. Tengo miedo que una aciaga noche esto me suceda, por eso siempre cargo la medalla que me dieron en el hospital.

Al bajar del bus lo primero que hacemos es explorar la zona, recolectar hongos y buscar un lugar para el campamento. Estamos a mil cuatrocientos metros de altura y hace frío. Llegamos a una pequeña cascada, el sonido del agua corriendo será propicio para la invocación. Todos mis compañeros se bautizan en la posa, excepto yo, que no sé nadar. Después del baño procedemos a ingerir una cantidad grotesca de hongos, los míos los puse en yogurt. Hacemos una fogata y preparamos la comida, para que esté lista cuando se abra el apetito.

Ya salió la luna. Lobo está inquieto haciendo sonar notas agudas y disonantes en una armónica, va sin camisa, con el pelo suelto, escala un árbol e interpreta un mantra de invocación. El Incrédulo danza con su propia sombra, como en un ritual Sufí. Febo está triste, concentrado en la caída del agua.

Al fluir de una hora la psilocibina hace efecto, percibo todo tipo de emanaciones. Un demiurgo nos fagocita, todo está vivo y respira y te observa, todo vibra y oscila sin ningún movimiento, los insectos orquestan la noche primitiva en el anfiteatro de mi oído, mientras en la luna una mancha de vino tinto se diluye.

Invito a mis compañeros a ir a la explanada y apreciar mejor el evento. Tiramos una manta en la hierba y nos recostamos. Las estrellas brillan ansiosas, algunas se transportan describiendo rectas. A uno de mis compañeros lo ataca la risa. La luna está completamente roja. Se respira una atmósfera de tensión y las aves nocturnas pían inquietas.

La explanada en la que yacíamos resultó ser un campo de cultivo, cuyo sistema de riego se activó a esa hora. Los aspersores comenzaron a escupirnos, rompimos nuestra oscura solemnidad y salimos corriendo.

Cerca estaba el potrero donde habíamos recogido los hongos. Al parecer asusté a un becerro, era negro y me persiguió hasta derribarme. Perdí la conciencia.

Me quebré la clavícula izquierda, de donde cuelgo mi guitarra eléctrica. Mi medalla contra la combustión espontánea se perdió en el accidente. Ya no me da miedo quemarme, porque ya nada me importa. Soy un esperpento, de hombro izquierdo encogido, me dejé crecer la barba, no me amarro el pelo y cultivo ojeras en mi rostro. La transfiguración está completa. Puedo decir que hice contacto.

Esa mañana un perro nos guio hasta la salida, iba caminando adelante de Febo. Nos dejó en una caseta, luego un camión nos dio *ride* al pueblo más cercano.

En el hospital me hicieron radiografías. La radióloga se rió en mi cara, la clavícula me quedará chueca. Una doctora me recetó inyecciones, después puso su rodilla en mi espalda para alinear la fractura y me vendó en forma de cruz.

Las semanas que siguieron fueron tortuosas. No me sentía cómodo en ninguna posición. El enfermero de la muerte me consiguió "analgésicos" más fuertes. Fueron de ayuda, pero no me aliviaban. Para colmo terminé mi relación con la psicóloga; ella alegó abandono. Comencé a componer música muy depresiva.

Una noche, mientras miraba porno en internet, me enteré de la convocatoria de producción musical de un sello discográfico en Noruega. A mi solicitud adjunté un demo y las letras de las canciones que deseo grabar.

Venga a mí el mecenazgo, que yo quiero dominar el mundo. Tengo un contrato para cuatro discos, el primero sale el mes próximo. La tetralogía se titula "La Tragedia de Abaddon."

Historia de vida

Existen muchas personas que van por la vida quejándose, y sin hacer un sólo esfuerzo, ni el más mínimo, se resignan a no poder hacer nada por este mundo. El humano está de brazos cruzados a la espera de quién sabe qué cosa, cultivando falsas dichas que se antojan realidades, sin querer despertar de la tranquila inconsciencia. Para gente como vos la felicidad ya no existe, sólo la distracción.

Hace dos años que nos conocemos, sabés que soy voluntaria en una ONG cristiana que atiende casos de violencia y adicción en niñas. Al principio lo hacía para completar el pénsum, que exige prácticas de profesionalización, pero a medida que fui conociendo la historia de vida de esas niñas quedé convencida de algo: los hombres están en decadencia.

Es deprimente escucharlas relatar cómo su abuelo las violó, el por qué se sienten sucias y culpables, como su tío las violó, el por qué cayeron en la pega, cómo su hermano las violó, el por qué se prostituyen, como su padre las violó, y por qué lo mataron arrojándole mezcla de melcochas hirviendo.

No existe ayuda psicológica que pueda brindar, o que puedan brindarme, para soportar la sociedad en la que vivo. Mi corazón está lleno de buenas intenciones, pero no tengo la cuota de poder necesaria para hacerlas realidad.

No creo en ningún poder divino, la idea de este Dios occidental me da asco, patriarcal y misógino. Por eso continué siendo voluntaria, el gringo evangélico director de esta institución no es confiable.

Tiene la peligrosa idea de que el anticristo vendrá pronto. Últimamente está albergando a niñas embarazadas cuyo perfil psicológico me preocupa, todas fueron violadas de la manera más traumática posible. En el culto de las tres predicó, citando extraños pasajes bíblicos, que el demonio se encarnará con la tribulación de una inocente.

Mientras vos andabas en las montañas drogándote con tus amigos, yo presencié una auténtica pesadilla. La noche del eclipse se descubrió todo.

Me quedé hasta tarde trabajando terapia de psicodrama con Sara, la niña embarazada que mató a su padre. En la terapia utilizamos un muñeco de melcocha que ella formó.

Melcocho, así se llama el muñeco, cobra vida en sus sueños. Esta niña pudo haber desarrollado un cuadro psicótico con delirio de persecución, pero a pesar de ese diagnóstico, continué creyendo en ella cuando me dijo que el director quería sacarle a su hijo. Necesitaba pruebas para denunciarlo.

Al anochecer, ya cuando todos se habían ido, entré a la oficina de dirección. Rebusqué entre una torre de papel y encontré un manuscrito puesto en desorden, un tal *Manifiesto del Sagrado Aborto.*

Según esa teoría, la Serpiente Antigua entrará en el cuerpo de una niña escandalizada. La encarnación del Versus-Cristo necesita un acto conceptivo abominable, ya sea pederastia, incesto, bestialismo, magia ritual, o abuso de alteradores de conciencia. Es deber del verdadero creyente romper cualquier lazo satánico y acabar con el mal antes que se manifieste.

Desde la antigüedad, la manera para evitar la encarnación de demonios ha sido el sacrificio de neonatos a Moloch'ziel, un poderoso ángel de Dios. Incluso, Dios mismo ha pedido el sacrificio de un hijo, y también sacrificó al suyo. En otra ocasión acabó con todos los primogénitos de Egipto lanzándoles una plaga...

Después de leer esas cosas me preocupé más por las niñas. Seguí buscando y en una gaveta encontré una nota suicida. El director ya estaba en el fondo del lago, levitando con una piedra amarrada a los tobillos.

Esa noche estaba de turno Margaret, una estudiante de intercambio que vino de Texas para hacer trabajo social. Le expliqué mi descubrimiento, al principio se resistió a creer, pero cuando llegamos al dormitorio de las niñas quedó convencida de todo. Ahora conoce la inclemencia del requinto mundo en el que estamos, aquí el amor de su Dios no vale, por más que le ore.

La policía, las ambulancias, los noticieros, todos haciendo bulla. Encontraron a cinco niñas con dolores terribles de mal parto. Los exámenes revelaron que fueron canalizadas con suero abortivo. El director evangélico también mató a su perro, un husky negro llamado Molok. En el estómago del animal hallaron restos de embriones humanos.

Al pasar lista faltaron dos niñas, una de ellas era Sara. Más tarde fue encontrada al borde del muro perimetral norte, en condiciones que no voy a describir, pero a pesar de ello la fruta de su vientre sobrevivió, dio oscuridad a una huérfana.

Debajo de ella había cavado un hoyo, daba con el otro lado del muro. Afuera ya era día.

Revisé el expediente de la otra niña que faltaba, su historia de vida es típica, trágica. No conoció a su familia, sobrevivía en las calles de un mercado, era adicta al pegamento y fue abusada por una pandilla de güelepegas a los que se acusó de intolerancia religiosa.

Nunca me hice la ilusión de que el amor podría salvarnos, vos y yo somos egoístas. No puedo seguir viviendo en este país, me voy para Argentina a sacar un posgrado. Me llevo tu guitarra acústica, un libro de Jung que se llama algo así como "los sermones a los muertos", y una foto que recorté en el periódico, donde se informa el hallazgo de una recién nacida, abandonada en una caja de cartón.

La Pitón

En verdad lo admiro mucho. No soy sapo, ni cepillo. Lo admiro por las cosas que vivió, cosas que me contó. Era viejo y vicioso, impartía clases de semiótica del arte y la cultura clásica, seguía enseñando para no morir de inanición. Esa tarde en que fui a dejarle un ensayo a su cubículo lo encontré llorando:

—Esta vida es una mierda... sueno como un pobre viejo pendejo diciendo eso... pero es que la cagué, siempre me cago en todo.

Me sentí incómodo ante aquél cuadro. Antes que pudiera decir cualquier cosa del tipo que se dice en tales circunstancias, el profesor comenzó a contar una historia:

—En la clase de Símbolos de la Mitología hablamos de las pitonisas. Yo les mencioné que conocí a una. Le decían la Pitón, era prostituta.

De su gaveta secreta sacó una pescuezona y sirvió dos tragos.

—Profesor, no se puede tomar dentro de la universidad.

—Vos callate, jalá esa silla.

Me contó que comenzó a frecuentarla a inicios de los sesenta. El profe se volvió asiduo a la Pitón, apenas unos años mayor que él, y la Pitón se volvió amiga del profe.

—Pitonisa —le repetía con su deje catedrático—, son las mujeres mágicas como vos, que ven el no espacio y el no tiempo.

Cuando me explicó el método de adivinación de la Pitón yo no lo podía creer. Le pregunté cómo es qué esa mujer tenía ese don, cómo lo había conseguido...

—Mirá, la Pitón nació en el Pueblo de los Brujos... quedó huérfana desde chiquita... la recogió una vieja bruja y la enseñó en el oficio de preparar purgantes.

A la casa de la bruja llegaban un montón de clientes: mujeres buscando amarres para que no se les fuera el hombre. Señoras con rencor buscando entierros para el yerno. Despechadas buscando maleficios para hombres que dan mala vida. Muchachas buscando limpias contra hechizos de amor lanzados por algún embramado. Y por supuesto, llegaban un montón de embramados buscando hechizos de amor y polvos quita calzón.

Para unas fiestas patronales, como es costumbre, todo el pueblo se puso hasta el bicho, incluyendo a la bruja.

A media noche comenzó a caer un pencazo de agua y todo mundo se fue a meter a sus casas. La bruja y la chavala se empaparon, lo primero que hicieron fue cambiarse la ropa.

De repente tocaron a la puerta. La bruja se asomó por una rendija. Se trataba de un hombre con un gran sombrero.

—Ya cerramos —le dijo la bruja.

—Sí, pero es que necesito un polvo quita calzón con urgencia...

—Ya cerramos, dije.

—Le pago el doble, el triple... ya mismito, yo ando riales.

La bruja era codiciosa y abrió la puerta. El hombre vestía todo de negro.

—Vos chavala, avivate, andá despachale un polvo al señor.

El hombre sonrió malicioso, entró, se quitó el sombrero y lo puso sobre un taburete.

La chavala iba metida en un pequeño camisón blanco. El hombre de negro se regocijó al morbosearla. Se pasaba lentamente la lengua por la trompa, miraba los pezones con frío de la aspirante a bruja.

—Ve, ¿No me la vende? ¿Cuánto por un ratito? Aquí mismo le pago, yo ando riales.

—Mmm, eso te saldría caro... esa chavala está cuero, no ha conocido hombre.

—No importa, yo pago lo que sea.

—No me estés tentando, mejor agarrá tu mierda y andate.

—¿Ah… no me la vas a vender?

La cara del hombre tenía una mueca de locura. El agua arreció. La chavala se acercó y le entregó el pedido al cliente, que agarró el tubo de papel con el polvo adentro y se lo metió en la bolsa de atrás del pantalón.

—¿Cuánto es? —Preguntó hurgándose los bolsillos.

Tanto, le dijo la bruja, pero el hombre de negro en vez de sacarse los riales sacó una gran navaja y se la hundió a la vieja en el buche. No alcanzó ni a dar un suspiro, ahí mismo cayó boqueando. La chavala hizo un gran aspaviento, quería salir corriendo, pero el hombre de negro la jaló sin cuidado del brazo, agarró el polvo quita calzón y soplando fuerte se lo tiró a la cipota en la cara.

Ella comenzó a toser, se estaba ahogando. El hombre se había sacado la verga, estaba templado y trataba de subirle el camisón.

Como pudo, la chavala le metió un rodillazo en los huevos y salió corriendo de la casa, debajo del aguacero. Afuera había maleza y pasaba un cauce.

Ella pensó que ya había escapado, pero un relámpago alumbró y dejó ver una sombra que se le venía encima. Era el hombre y estaba diciéndole algo, como un rezo, pero la chavala no escuchó nada por la explosión de un trueno.

Comenzó a sentirse extraña, tenía los pezones duros, estaba mojada por dentro y no era por la lluvia. Estaba tibio y palpitante ahí abajo, donde no se toca. Ella no sabía lo que era un clítoris, pero sentía que algo le punzaba.

El hombre de negro se le acercó por atrás, estrujaba afanado los senos, pero fue ella misma la que se quitó el calzón y se puso de rodillas. El hombre le agarró la cabeza y la pegó contra él.

Cuando finalmente la penetró, la chavala pegó un gran alarido. El hombre de negro jadeaba, bramaba, no parecía humano, parecía un gran chancho negro. La embestía duro.

La chavala tenía un rictus de éxtasis en la cara, estaba en trance, como los oráculos después de tomar su brebaje. El hombre de negro le dio hasta por el culo. Seguro que esa noche la Pitón se vino un montón de veces.

***

Que horrible es el morbo del hombre, me acuerdo que cuando el profe me contó esto, más o menos se me paró. La verdad es que esa parte yo la creo, seguro que ese polvo quita calzón debió estar hecho a base de alguna potente feromona, o tal vez un poderoso afrodisíaco, pero lo que me contó después no sé si creerlo...

—El hombre volvió y volvió a terminar, ya daban como las tres de la mañana. Ya no llovía, ahora hacía neblina. La chavala estaba catatónica.

El hombre se subió el pantalón. El viento silbó. Casi podía jurar que en el silbido del viento escuchó una voz.

—Maldito. —Escuchaba, por un lado.

—Juelacienputa maldito —escuchaba por el otro lado.

—Jodiste a la chavala.

Ya no podía estar más seguro, eran voces, venían de todas partes.

Quedó viendo hacia un espeso tuco de neblina que se disipaba. Cuando se disipó apareció la vieja bruja, agarrándose con dolor el buche y balbuceando cosas extrañas:

—Maldito, que te maldigan los setenta veces siete malditos, los que pasan maldiciendo toda la eternidad en el infierno. Los que maldicen a Dios... que te maldigan, maldito.

La neblina parecía cobrar vida y lanzarse contra el hombre de negro, que se cagó de miedo y retrocedió en dirección al cauce.

Flotando dentro de la neblina iba la vieja bruja, junto a un montón de espantos y espectros. Empujaron al hombre de negro, que cayó en el cauce a mitad de un horrible grito de auxilio.

Con el eco, la Pitón se fue despertando. Se puso en pie. Estaba toda enlodada y raspada. Bajó la mano para tocarse el panchito... ya no tenía panchito. Se sintió sucia y desgarrada. A los lados de la ingle tenía sangre seca, se le había chorreado hasta llegarle a las nalgas, además de mancharle el vientre.

Pero había otra cosa, algo espeso y chacuatoso dentro de su cuerpo.

Hizo un huacal con la palma de la mano y lo puso debajo de su pancho. Instintivamente contrajo los músculos del recto, como cuando hacía al terminar de obrar. Despacio fue bajando aquella cuita asquerosa que le provocó tanta repulsión y después miedo.

Cuando lo tuvo en su mano se lo acercó a la cara para verlo mejor. Comenzó a temblar, le venían un montón de imágenes raras a la cabeza.

Vio a un niño, le estaban dando con una coyunda. Era un hombre gordo quien le pegaba. Sentía que no podía respirar, ahora la Pitón era ese niño, estaba viendo como el hombre gordo le pegaba a una señora.

El niño gritaba y lloraba:

—No, a mí mamita no.

El hombre gordo parecía bolo y trataba de montar a la señora.

—No, Tata. A mi mamita no, así no...

Después la Pitón se salió de su cuerpo y miró al niño, ahora hecho hombre. Se soltó en llanto, tenía la palma de su mano frente a los ojos. Veía como la violaban, como la desvirgaban. Intentó limpiarse la mano, pero no pudo, aquello era demasiado alaste.

Sentía frío, se le había olvidado por completo que estaba desnuda. El frío venía del cauce, que ahora parecía un río... un oscuro río rojo.

Caminó hasta la orilla y miró al hombre de negro. Estaba desesperado, ahogándose. Luchaba contra algo, un montón de brazos de calaca querían llevárselo al fondo. La Pitón apartó la vista.

Del otro lado del cauce había una panga que estaba zarpando. Sentada en medio iba la vieja bruja en un mortal silencio, agarrándose de una candela.

Gritos, quejidos, lamentos, llantos, caras con muecas horribles de dolor y condena. La Pitón no aguantó más y se desmayó.

***

Cuando el profe terminó de contar esa parte pensé que su problema era que estaba senil, que ya le estaba entrando el alzaimer. Creí que, como profesor dedicado a la materia, había leído mucha mitología y literatura clásica, las confundía y entremezclaba con los sucesos que le habían contado en su pasado. Pero todavía tenía mis dudas, tanta creatividad y convicción no eran propias de un viejo chocho ¿O sí? Lo seguí escuchando.

—Las piadosas viejas iglesieras del pueblo fueron las que encontraron a la Pitón como a las cinco y media de la mañana. La condenaron. Habían escuchado toda la bullaranga de los espantos. Se lo informaron al joven señor cura para que llegara a echar agua bendita.

Cuando el joven clérigo llegó se encontró con una tierna cipota, todita desnuda y lacerada:

—¿Ma que cosa este martirio? Cuesta banbina ya está salvada.

Se agachó y le hizo la señal de la cruz a la Pitón:

—Molto sufrida, el dolor tuto lo lava.

—¡Excomúlguela! —Vomitaban las viejas iglesieras en coro.

—Es una bruja, es adoradora del Diablo.

Pero el joven sacerdote sólo miraba a una pobre paloma aporreada por una oscura tempestad.

Movido por un reflejo involuntario pasó la mirada por el pancho de la Pitón, el sanguinolento y lodoso sexo de la martirizada joven le recordó las pinturas de cristos dolosos y hemáticos, las que había visto en su natal Italia, cuando estudiaba en el seminario y llevaba clases de pintura. Pensó en la pasión, dolor y estigmas de Jesucristo.

La Pitón se despertó y lo primero que vio fue el dulce rostro del joven clérigo. No lo había visto antes, acababa de asumir la parroquia del Pueblo de los Brujos.

El joven sacerdote se llamaba Adán, ordenó que llevaran a la Pitón a la casa cural. Ahí una criada anciana la limpió, la curó y la vistió.

Nunca encontraron el cuerpo del hombre de negro. Era un viejo de riales. Se decía que tenía un montón de enemigos, comenzando por los padres de las muchachas que se robaba y devolvía deshonradas. Nadie se preocupó por buscarlo. A la vieja bruja tampoco.

En el pueblo se dieron cuenta que hacía rato que la vieja bruja le vendía polvos de amor al hombre de negro. Creyeron, como es cierto, que sus desapariciones estaban relacionadas.

Las piadosas viejas iglesieras aprovecharon esto para sacar a los brujos del pueblo. Una mañana salieron en procesión con la imagen de San Miguel Arcángel. Iban rezando el rosario por las calles. Cuando pasaban por una casa donde creían que vivía un brujo comenzaban a cargarla a pedradas. Todas las parteras, curanderos y sobadores, indios todos, tuvieron que dejar el pueblo porque no los dejaban vivir en paz.

Fue así que el Pueblo de los Brujos se convirtió en un pueblo blanco, libre de indios.

A pesar de esto y de todo lo que le había pasado, la Pitón vivió tranquila casi un año en la casa cural, junto a la criada anciana, el venerable jardinero, la pareja de chocoyitos sapoyol y el joven padre Adán, que no estaba de acuerdo con los modos y procederes de las viejas iglesieras.

La Pitón era la encargada de darle de comer a los animales del corral. El padre Adán hacía ensayos de pintura y tomó, sin que nadie se diera cuenta, a la Pitón como modelo. La pintaba como una joven pastora de tiempos bíblicos.

La cipota también le daba de comer al perro que cuidaba la iglesia y a los chanchos del chiquero, pero lo que más disfrutaba era darle de comer a los chocoyitos masa para hacer tortilla.

—A ver la patita —les decía a los chocoyitos que movían alegres la cabeza.

A veces la cipota se ponía la masa en la boca y les daba de comer de ese modo. El padre Adán sacó un lienzo de la escena y lo llamó "Graciosa y Chocoyitos."

Él no era capaz de hablarle. Siempre parecía que le iba decir algo, pero titubeaba, se apenaba y terminaba callándolo. Hacía tiempo que se dedicaba sólo a verla y después pintarla. Lo hacía por horas y a diferentes horas del día. Llevaba todos los días, desde que la conoció, haciéndolo. Debía dejar de hacerlo. Sacársela de la cabeza.

Comenzó a pintar paisajes. Después de sus obligaciones matutinas sacaba el caballete al jardín, montaba el lienzo, servía colores en la paleta y, pincel en mano, untaba pintura con el hábito puesto.

Era invierno, época de milflores, la Pitón salió de mañanita en medio del frío y la nubosidad a cortar unos moños. El padre Adán estaba instalado con sus menesteres. Pintaba un paisaje. La cipota se miraba tierna y fresca, como las milflores adornadas por gotas de sereno. Tenía los cachetes y los labios sonrojados por el frío... y por el frío también tenía los pezones erectos.

Esa mañana el padre Adán pintó, adornada por el paisaje y coronada de flores, a una ninfa del campo que traía los senos al aire.

Y es que, desde aquel nefasto día, la Pitón no había querido volver a usar brazier. Siempre se peleaba con la criada anciana porque le decía: —Vos, chavala chancha, ponete corpiño—, pero no más se probaba uno se desesperaba. Siempre andaba las chichas al aire. Eso llegó a convertirse en un martirio para el sacerdote.

Si la chavala se agachaba a recoger algo y él estaba enfrente...—¡pa!— Le miraba sin querer las chichas. Pasaba.

Si la chavala llegaba con el güipil mojado después de lavar en el río...—¡pa!— Le miraba las tetas repintadas. Pasaba tres veces a la semana.

Si la chavala pasaba cuando el devoto sacerdote bajaba las escaleras, después de tocar la campana...—¡pa!— Le miraba los pechos desde arriba. Pasaba a diario, a las seis y a las doce.

Aquellas primeras imágenes de una joven pastora de tiempos bíblicos se fueron transformando, cuadro a cuadro, en pinturas de una grave ninfa en un bosque pagano.

En todas esas pinturas siempre había dos cosas: senos.

El padre Adán todas las noches se ponía duro. Daba vueltas y vueltas en la cama, sin poder dormir. Con sólo cerrar los ojos aparecían los tiernos y turgentes pechos de la Pitón.

Hizo ayuno, sólo tragaba agua, daba misa, se echaba ceniza en la cabeza y se encerraba a pintar en su taller hecho de piedra cantera.

Consagró sus pinturas a Cristo.

Hizo estudios anatómicos del cuerpo de Jesús crucificado, escenas de la pasión y muerte, estampas del vía crucis, ilustraciones de todos los misterios dolorosos... pero Jesús no lo escuchaba, el padre Adán seguía viendo los senos de la Pitón y cada vez estaba más débil.

Pasó que un día, una de las cabras del corral parió un chivito negro, la Pitón estaba fascinada con el tierno animal. Lo chineaba y lo andaba de arriba para abajo.

El padre Adán estaba absorto retocando la sangre en la espalda de un Jesús flagelado, cuando en eso escuchó balar insistentemente a las cabras, asustadas por algo.

Salió a echar un ojo, iba mareado. Ya llevaba cuarenta días sin comer.

Cuando llegó al corral la puerta estaba en pampas y todas las cabras se habían escapado.

Se fue a los prados, a ver si las cabras estaban pastando, pero no vio nada.

Se internó más en el monte. De repente comenzó a escuchar un murmullo. Siguió caminando. Era una risa de niña lo que escuchaba.

—Ya dejame, cabrito, me estás haciendo cosquillas...

El padre Adán apartó un matorral y miró a través. Era la Pitón, estaba en carcajadas, con las piernas abiertas y los pechos desnudos. A la par suya había un cabro negro de grandes cuernos y larga barba que le lamía los senos.

La cara del padre Adán comenzó a temblar. Se santiguó tres veces y atravesó el matorral gritando con furia:

—¡Vade retro, Satanás!

La Pitón se asustó al ver al enloquecido sacerdote, que tenía la mirada turbia y la respiración entrecortada:

—Yo te salvaré, santa ragatza.

Miró fijamente al cabro negro, como enfrentándolo, pero este se comenzó a reír. Era la risa de Mefistófeles, la burla que destruye el espíritu. El Macho Cabro se reía porque la niña le hacía una felación.

—¡Puta maledeta! —Desgarró temblando de arrechura el padre Adán.

La cipota se atacó en llanto y abrazó fuerte al pequeño chivito negro, que dejó de lamerle la cara y se soltó asustado de sus brazos.

Al padre Adán le faltaba el aire, estaba a punto de venirse al suelo. Cerró los ojos. Respiraba cansado por la boca:

—¿Por qué, Dios mío? ¿Por qué?

Había vértigo en su cabeza. Corrió a encerrarse en su taller de piedra cantera. Necesitaba ver a Cristo.

Se arrodilló cabizbajo ante los lienzos, buscando el dolor del hombre mancillado en los cuadros. Cuál fue su susto cuando descubrió que los torsos en todos esos cuadros, los torsos de todos esos cristos... tenían prominentes pechos de mujer. En todos había pintado senos. En todos, Jesús con las tetas de la Pitón.

De rodillas gritó al cielo. Se incorporó. Buscó la lámpara de kerosén. Roció combustible a todos los cuadros y después les pegó fuego.

Se escapó de ahogar por el humo. Cuando salió del taller de piedra cantera los chocoyitos sapoyol pegaban grandes chillidos; advertían algo. El sacerdote se volteó.

En el resquicio de la puerta miró la figura de un hombre que se retorcía por las llamas. El padre Adán recordó su credo. Creyó que se trataba de su señor Jesucristo, quien había bajado a los infiernos. Se sintió culpable y corrió a rescatarlo.

Cuando la gente acudió al llamado de auxilio de la criada anciana ya era demasiado tarde, el padre Adán se purificó en el fuego, ardieron lienzos con su carne.

En la casa cural se había reunido todo el pueblo y un par de curiosos forasteros. Como siempre a la cabeza estaban las viejas iglesieras, armadas con rosarios y murmurando rezos.

Nadie se atrevió a sacar el cuerpo del padre Adán, entonces el cuerpo se levantó y caminó hasta la sala. La gente sudaba de miedo, no estaban viendo a un muerto, estaban viendo a un adefesio.

Todos los óleos del taller del padre Adan se habían integrado a su cuerpo, tiñéndolo profundamente, coloreando todas sus quemaduras e impregnándole un repulsivo olor a fritura humana. Se arrancó lo que le quedaba del hábito. Ahora estaba completamente desnudo, con el cuello clerical fundido en su garganta.

Los sapoyoles sintieron la presencia del cura y volvieron a chillar desesperados, vivían en un tuco de palo que colgaba del horcón de la casa. El sacerdote adefesio se acercó lentamente a ellos mientras todos observaban, extendió sus brazos y los agarró, uno en cada mano.

Las pequeñas aves intensificaron lo agudo de sus chillidos, se retorcían violentamente intentando escapar. Hincaban el pico en unas manos color sufrimiento. El sacerdote adefesio apretó hasta hacer reventar a los sapoyoles.

Se escuchó un grito de horror, era la Pitón que estaba en la entrada de la casa y había presenciado el acto de crueldad, traía chineado al pequeño chivito negro.

Una vieja iglesiera señaló con el rosario enrollado en la mano:

—Yo sabía, es aquella… esa bruja fue la que le hizo esto al padre. Pobrecito el santo varón.

La cipota sólo negaba con la cabeza, no entendía nada, se puso a llorar. El pueblo vuelto turba gritó: —¡agárrenla!—, y se fueron todos contra la Pitón.

Al rato el padre Adán reaccionó, se quedó viendo las manos embarradas de chincaca.

—Ragatza, graciosa, chocoyitos... ¿Ma qué cosa hiche?

Buscó a su alrededor, no había nadie. Salió de la casa. Miró al suelo, había un rastro de sangre. El clérigo se desesperó. Las manchas lo condujeron hacia un pequeño cuerpo negro, peludo, cuadrúpedo y sin cabeza. El sacerdote escuchó una risa, otra vez la risa de Mefistófeles, provenía de la desprendida cabeza del chivito negro, se encontraba en el patio delantero, a sólo unos metros, en el centro de una estrella encerrada por un círculo.

La risa se hacía más molesta y aguda, el sacerdote intentaba callarla.

A lo lejos el venerable jardinero, que por los nervios se fue a meter al monte, miró como el padre Adán, perturbado, gritaba al aire y decía frases extrañas en la lengua con la que daba misa. Miró como este agarró la cabeza del chivo y se fue a meter a la iglesia.

Entró gritando, zampó la cabeza del chivo en la pila bautismal.

—In nomine Dei nostri, Diábolo renuncio…

La sangre tiñó completamente el agua de la pila. La risa tormentosa cesó.

El desnudo sacerdote se dirigió a la sacristía, detrás del altar. Buscó vestido. Se puso un largo cotón negro de botones morados. Escuchó un murmullo en la capilla del Santísimo.

La criada anciana estaba de rodillas, la cabeza cubierta por un velo. Lloraba y rezaba.

El sacerdote se apresuró a preguntarle por la Pitón.

—Ay, padre; esa gente la va a matar, están locos, andan endemoniados, fíjese usted que uno de esos hombres, yo nunca lo había visto, agarró al chivito negro y le voló la cabeza de un machetazo... después se puso a dibujar unas cosas todas raras en la tierra, y ahí dejó la cabeza del animalito.

—*No es contra carne* —dijo enigmáticamente el sacerdote—. *Es contra princhipados y potestades. Presto, per donde che fueron...*

La gente no pensaba. Era masa, todos de la misma pelota. Las viejas iglesieras se turnaron para arrastrar a la Pitón del pelo. La llevaron a las afueras del pueblo, la empujaron y cayó besando el polvo.

Desde abajo la chavala observó a la gente, todos juntos parados frente a ella, inmóviles como santos de iglesia. Ahí estaba ese horrible hombre, el que le voló la cabeza al chivo, había pasado sonriendo todo el rato, después se acercó al oído de una vieja iglesiera:

—Agárrenla a pedradas, es una meretriz del Diablo.

Estaban decididos a matar a la Pitón, cuando en eso apareció ladrando un perro y una mujer levantando un gran machete:

—Si tiran una laja los mato.

Por lo que murmuró la gente se trataba de la puta del pueblo, que vivía en las afueras.

—Dejen en paz a la chavala y váyanse a la verga que este es mi terreno.

La mujer tenía rabia en los ojos. La gente retrocedió vociferando. El Padre Adán observaba, oculto tras unas ramas, como una prostituta lo sustituía en su deber mesiánico de impedir lapidaciones.

Magda, así se llamaba la puta, llevó a la Pitón a su casa y la cuidó por semanas. Padeció tremendas calenturas y hablaba de cosas incomprensibles cuando deliraba.

El extraño hombre que decapitó al chivo resultó ser un sacerdote francés. Relevó al Padre Adán de su puesto, lo acusó de pederasta y pidió su baja.

La criada anciana pasó arrodillada semanas enteras, murió de tanto rezar.

El venerable jardinero se perdió en el bosque, hasta que los zopilotes informaron sobre su paradero.

El pintor adefesio se exilió en una choza cerca de la quebrada, las quemaduras fueron su única compañía.

Al tiempo la Pitón mejoró. Agradeció profundamente lo que había hecho por ella la Magda.

—Son de la vida alegre —decían las iglesieras.

—Jesús bendito, una está poseída por el Diablo.

Acto seguido corrían a santiguarse.

La Pitón y la Magda vivieron juntas el tiempo suficiente para que:

Uno. La Pitón aprendiera el oficio, lo pusiera en práctica y se hiciera una experta.

Dos. La Magda experimentara el más grande y sincero amor.

Y tres. La Pitón descubriera y afinara su método de adivinación.

A raíz de sus traumas la joven prostituta desarrolló pesadillas e insomnio. La Magda le recomendó el cocimiento de floripón. La aprendiz truncada de bruja ya conocía ese remedio, no había querido hacer tal brebaje porque el olor de esa flor le traía malos recuerdos...así olía el polvo que le escupió el hombre de negro en la cara.

***

Según mi novia psicóloga, la Pitón sufría estrés postraumático, para ella debía ser un conflicto espiritual que la hayan violado con su "consentimiento", por llamarlo de alguna forma. Me acuerdo que cuando le pregunté al profe si la Magda sabía algo de esa violación, me dijo que la Pitón decidió callar. No se acordaba de cómo pasaron las cosas. Ella pensaba que todo había sido una horrible pesadilla. A eso los terapeutas lo llaman bloqueo, me explicó mi novia.

El profe me contó que la Pitón no tardó en descubrir que el té de floripón potenciaba su clarividencia. Cuando se encontraba bajo los efectos del brebaje y atendía a un cliente, era capaz de ver el destino al contacto del semen con su mano.

Al principio no sabía cómo sacar provecho de ese don, pero cuando se trasladó a la capital y atendió a militares de la guardia, comprendió que la información es poder, sobre todo la que no es pronosticable.

Prosperó y abrió su propio burdel, donde atendía sobre todo a tristes profesores.

Con la guerra el lupanar fue destruido y la vidente regresó a su pueblo. Ahí se reencontró con Adán, el pintor adefesio. Vivieron en el bosque. Ella le parió un hijo, pero nunca fueron felices. La Pitón ya conocía el futuro.

Por último, el profe me contó que sabía tanto de la vida de la Pitón porque ella lo había escogido como biógrafo. Él estaba enamorado y no quiso emprender la obra, tenía miedo de no ser objetivo.

Por mi parte me siento motivado a escribir una canción para la Pitón, la gran prostituta pitonisa.

Narración en tiempo real

En el barrio todas las casas duermen exhaustas. Han tenido un largo, tedioso y repetido día. Hoy las cosas de esas casas renovaron sus respectivas capas de polvo.

—¿Por qué se afana la ama de casa por sacudir el polvo que cae?

El viento trae el polvo mientras todas las casas duermen, todas menos una, la casa que es expendio, donde gárgolas de piedra despachan.

Bienvenido a Villa Pesadilla. Aquí no podés encontrar la tumba de tu deudo. No podés con tu visita honrar su memoria, te perdés entre calles formadas por filas de tumbas, transitás a la deriva con angustia dentro de los huesos.

En las aceras de esas calles hay mujeres postradas que sudan miedo. Cubren sus cuerpos con franelas color rata. En medio de temblores toman agua que les trajo un güelepega.

Aquí existe un callejón sórdido en donde cuerpos convulsos componen una masa amorfa. Vos pasás por ahí cada vez y cuando, al bajar de los taxis que te llevan a tu casa.

Por la mañana se dejan ver los mocosos condones vomitados, algún calzón y la infaltable plasta rojiza de mierda, adornada con pellejos de frijol y orbitada por las moscas.

Y es que Villa Pesadilla está formada por situaciones alienantes, poblada de personajes absurdos, con sentimientos subversivos y mensajes cifrados de tristeza. Así es el país que te habita, donde sentís miedo insoportable de estar vivo.

La Tragedia de Abaddon

Acto Primero:

Los Secretos del Abismo

En el aposento

Sabiduría de Jesús Ben Sirá, capítulo 40

Me encuentro perdido entre las sábanas de mi cama. Despierto entre los gritos de la sutileza del yo. Escucho la voz de mi inconsciencia. Se llena mi cabeza de inquietud. Vivo ante una realidad adversa que escupe en mi cara: utilitarismo, relatividad ética, retribución, tribulación, dilemas de libertad, muerte, el bien, el mal, luz y sombras, blanco-negro, dualismo, maniqueísmo, Dios, ¿Dios tiene dualidad? Nihilismo, pragmatismo, sabiduría-necedad.

En el miedo, en el temor de Dios, ahí se encuentra la verdad, ahí está la sabiduría... Pero yo no tengo miedo.

La vida es una tragedia, hay que vivirla.

—¿Cuál es la paga a mi orgullo?

La inquietud me tortura. No hay paz en mi mente.

I. Arcanos

Sutileza del Yo:
Te despertaste pensando en porqué
viniste a sufrir a este mundo.
Vos no elegiste nacer,
pasás el tiempo meditabundo,
pensando como poder resolver…
los arcanos más profundos.
Buscando dentro de vos el poder
que sacie la sed por saber…

La Inquietud:
¿Por qué hay dolor?
¿Por qué hay tanto sufrimiento?
Si existe un Dios todo amor,
esto no tiene razón, no lo entiendo.

¿Por qué el ángel cayó?
¿Por qué de poder tuvo ganas?
¿Por qué el hombre pecó?
¿Por qué mordió esa maldita manzana?

Sutileza del Yo:
Seguís pensando quien responderá
las inquietudes que te acechan.

Estás planteando, preguntarás.
Sólo dudas cosechás.

La Inquietud:
¿Quién soy Yo?
¿De dónde vengo y adónde voy?
¿Qué habrá después de la muerte?
¿Será sólo vida que se invierte?
¿Por qué no hay claridad
en los signos
indescifrables?
¿Por qué la voluntad
siempre es designio
inescrutable?

Habla el Ego:
¡Oh Inquietud!
salí de mi mente
dejame en paz.
No existe virtud
de ser omnisciente
sobre esta faz.

Tiempo y espacio
de la consciencia
una prisión.

Pasa despacio
la omnipresencia
en esta dimensión.

Sutileza del Yo:
Seguís pensando quien resolverá
los enigmas que te inquietan.
Al abismo has de bajar
para encontrar tus respuestas.

***

En el Limbo

Ante una puerta entreabierta leo:
"Lasciate, ogni speranza, voi ch'entrate al averno, frío, aeterno."

He bajado al mismo infierno lírico de Dante,
y estoy en la rivera de un río.

II. Aqueronte

"Cócito,
  Estigia,
    Flegetonte
      y Aqueronte…
Subite a la barca,
dice Caronte:

Si escuchás lamentos
son las almas condenadas
ardiendo en este infierno.
Lanzadas por un Dios
que sintió arrepentimiento
de lo que creó,
y para enmendar su error
dejó caer la culpa
sobre el que pecó…

Coro de Condenados:
Pecado cometido
será pecado castigado,
si no has entendido
serás condenado.

Caronte:
Todo por un Dios
que comenzó su juego:
amame y sé bueno
e irás al cielo,
sé malo y te mando
a quemarte al fuego eterno.

Coro de Condenados:
Pecado cometido
será pecado castigado,
si no has entendido,
estás condenado.

Caronte:
Por este río
corre la sangre
que derramó Su Hijo,
en vano…
Por todos los pecados
del ser humano,
malagradecido,
que no será redimido
y seguirá pecando.
Porque dentro de él,
el mal seguirá morando…

Si escuchás lamentos
son las almas condenadas
ardiendo en el Infierno…

***

En la Corte Infernal

El tribunal demoníaco supremo me acusa de querer conocer lo prohibido. Preguntan cómo me declaro.

—Culpable. Soy imagen difusa que se refleja en la ubicuidad del espejo del cosmos y se invierte en el plano.

Yerro, me equivoco,
pues soy del prisma que descompone la luz de la perfección.
Fui hecho a semejanza,
soy un humano.

III. Dura ley, ser ley

Habla en locuciones latinas Minos, juez del infierno:
Desde la eternidad,
lo ideal cambia por lo absurdo en el acto.

En el mismo momento,
el maestro dijo:
al inteligente poco,
por su modo de obrar.

Jurado Infernal:
Hágase tu voluntad
"Yo soy quien soy."
Errar humano es.
Dura ley ser ley.

Minos:
En el vivo,
intencionadamente,
la muerte es la última razón de todo,
desde la eternidad.

Por lo extenso,
desde el origen,
el abismo al abismo invoca.
Por la ira.

Jurado Infernal:

Hágase tu voluntad

"Yo soy quien soy."

Errar humano es.

Dura ley ser ley.

Dura ley, pero es ley.

***

En el Círculo de los estoicos y epicúreos

Una cabeza sembrada en el suelo me habla, su cuerpo está hundido en arena caliente:

—Al perder tu alma, el espíritu no siente emociones,

y la plenitud es no sentir nada.

IV. Ataraxia

Habla Epicuro:
Estás a solas
eternamente.
A todas horas
en tu mente
tus pensamientos,
crujir de dientes…
Me desvela
no hay alivio
el averno
me congela,
es eterno
es muy frío;
sin conmoverme sobrevivo.

Sufrir no tiene razón adaptándose.
Será breve el dolor acostumbrándome…
En ataraxia…

No temás a Dios
y Dios temerá de vos.
Sí estás muerto, no
tengás miedo al dolor.
Ya no hay más lágrimas para llorar.

El rencor se queda,
el perdón se va.

***

En el círculo de hielo

He aquí los secretos de Abaddon…

V. Los Secretos del Abismo

Habla Abaddon, el Ángel del Abismo:
Bajás y buscás lo que te provoca,
discernir el misterio de las cosas.
La inquietud tu estigma,
he de revelar los enigmas…
No debo respetar
el silencio de un Dios
que se niega a revelar
que no existe verdad.

Sois,
prisioneros del temor
infundido por un Dios
que dice que es amor
el fuego consumidor.

Secretos del Abismo
te he de confesar,
fue aquí mismo
donde vino a parar:
Adán y Eva…

Por probar el fruto del árbol,
arderán en el fuego de mármol.

Habla Caina:
Frente a un altar
dos sacrificios,
queriendo agradar
con algo propicio
al Dios que creó enemistad…

Asesino Caín de tu hermano,
ha sido tu ofrenda en vano.

Abaddon:
Debés de vivir
con miedo a morir.
Sí pecás dice un Dios
que vendrás a sufrir.
Sois,
prisioneros del temor
infundido por un Dios
que dice que es amor
el fuego consumidor.

Secretos del abismo te he de confesar,
fue aquí mismo donde vino a parar…
El Nazareno…

Atado se encuentra a una roca,
lamentándose por su derrota.

Habla Judaica:
Judas traidor,
el Iscariote,
deseó un libertador,
un Mesías celote,
que sacudiera
el yugo opresor…

Por treinta monedas de plata,
condenado fue a Judaca.

Habla el Ego:
¿Si Dios tanto nos ama…
por qué nos ha de entregar a las llamas?

Abaddon:
Dios no es amor,
se impone su ira,
que al pecador
juzga y castiga,
la retribución,
se trata tan sólo de un juego:
el reino de Dios y el fuego.

VI. El Ángel del Abismo

Habla el Ego:
Lucero,
¿Quién te arrojó del cielo?
¿Quién te mandó al abismo,
a ser prisionero?

Lucifer:
El Dios tirano
dictó condena,
me enjauló en el sino.

Elohim dijo:
Creado fuiste,
seguirás tu camino…
Tu perfección te encadena.

Lucifer:
No sufriré esta pena,
no por un capricho divino.

Ego:
¿Cuál fue tu pecado?
¿Cuál será tu castigo?

Lucifer:
Yo fui creado
para Su Trono proteger...
mirá como me ha pagado
por Su Ley no obedecer.

Del exilio ensayo
fui echado a tierra,
caí como un rayo
y a Quien me destierra...
exclamo:

No seré abatido,
no sin antes haber luchado...

Ego:
¿Cuántos lucharán?
¿Cuántos se unirán al Resistidor?

Lucifer:
Me alcé pues del suelo
y formé entonces mi alianza...
levantaré mi trono,
será mi venganza...

Subiré al cielo
y bajaré las estrellas,
proclama...
cada una de ellas...

Ángeles caídos:
Que brille por siempre el primero,
que su luz emana.
Radiante Lucero,
hijo de la mañana.

Salve por siempre el Primero,
que su luz estalla.
Brillante Lucero,
hijo de la mañana.

Juramos ahora
eterna lealtad,
príncipe de la Potestad,
hijo de la Aurora.

***

Acto Segundo:
El Ángel desvirga

Esfera celeste norte, morada de las legiones luciferinas

Canta la falange luciferina, un tercio del total de ángeles:

—In nomine Dei nostri
Lucifer Excelci.—

I. *Hybris Luciferi*

Habla Lucifer:
Primero al Trono
después del Trino,
soy el Lucero
Matutino,
estoy sentado
en el monte del destino.

Soy el sello
de la perfección,
he superado
a mi Creador;
de la luz,
orgulloso portador.

Coro Luciferino:
Acabado de hermosura,
desmesura su poder,
la más bella criatura
Salve Hybris
oh Lucifer.
Hybris
Lucifer.
Habla Lucifer:
Topacio,
Jaspe
y Zafiro,
de toda piedra
mi vestido,
soy el dios
de este siglo.

Principado
por mi potestad,
de la Tierra,
el Aire y el Mar.
Destructor,
otorgo libertad.

Coro Luciferino:
Debilita
a las naciones,
el orgullo
es su poder;
a su mando
las legiones,
es la Hybris de Lucifer.
Hybris Lucifer.

Luxfero:
De la Deidad
la dualidad
es realidad.

Es la maldad
la nulidad
de la verdad.

***

Lugar Santísimo, morada del Espíritu de Dios

El Ángel Custodio Raziel escucha desde su puesto, de espalda a las cortinas que ocultan a Dios, los Secretos del Universo.

II. El Ángel del Misterio

Habla Sanyasa, ángel disidente:
En el monte Hermón declama
los un mil quinientos misterios.
El Zóhar revela el verso,
del séfer oculto en el tiempo,
detrás de cortinas.
Perdido en el tiempo.
Lanzado al Abismo
por los desertores,
vuelto a las manos del hombre
a través de Rahab.

Coro Luciferino:
Se abrirá tu boca
y dirá grandes cosas.
Una vez más.

Ángel del Misterio
que detrás de ese velo
escuchaste cosas grandes y ocultas.

Pregunta el Ego:
¿Dónde está la clave
de la Sabiduría?

Responde Raziel, el Ángel del Misterio:
Donde crecen los Frutos,
en el Árbol de la Vida.
Onceavo
Sefiroth.

Se bifurca y ramifica
en veinticuatro líneas
la Kabbalah prístina
es la clave de la vida.

Lepaca Qlifoth.

***

Al Este del Paraíso, poco tiempo después de la expulsión de Adan.

Al ver a la niña desnuda, bañándose en el río, el Ángel Vigilante cae enamorado.

III. El Ángel desvirga

Ángel Vigilante:
No la puedo amar.
Para ángeles es prohibido,
ir tras las hijas del hombre y deseo saciar.

Me he de oponer,
a todo lo establecido,
y mis principios olvido
al verla yacer…
junto a mí,
no quiero volver…
al cielo sufrir.

Por ofrecer a los hombres
su mente ampliar,
y a mi virgen incauta
la magia enseñar…
Celoso el Dios caprichoso
me la arrebató,
a una existencia incompleta
nos confinó.

Volveré
a encontrarte,
así tenga que a Dios destronar.

Y habré

de vengarme,

por mi otra mitad separar.

***

Mesopotamia, inicios de la civilización Annunaki

El Ego asciende por un Zigurat, alcanza la esfera celeste custodiada por un Ser Viviente con cabeza de águila, cuerpo de león y tres pares de alas.

IV. El Pentáculo de la Esfinge

Habla el sacerdote del Zigurat,
iniciado en los Misterios de la Estrella:
Pentáculo que alberga
bajo sus cinco puntas
el primordial misterio.
—[oh, oh, oh…]—
Báculo que ciñe...
a siniestra Taumaturgo.
—[oh, oh, oh…]—
Sortilegio, magia arcana,
Demontre de la Macana...
Yace inmóvil la Esfinge
sobre el Pentagrama.

Lepaca.
—[ah, ah, ah…]—
Del sueño de siglos ha despertado.
Enciende
la llama
que consuma lo ignoto,
besa su zarpa
y sabrás lo prohibido...

El Ego pregunta:
¿Cuántos mundos has vivido?
¿Cuánto oculto has conocido?
¿Qué ha quedado en el olvido...
en el silencio, desconocido?

La Esfinge despierta:
La historia es la misma.
He de plantear mi acertijo...
depende de ello mi ciencia,
pende tu vida de un hilo.

***

En el Seno de las Almas

El Ego resuelve el enigma de la Esfinge, pero esta lo mata cortándole el cuello de un zarpazo. Despierta y recuerda su estado antes de Ser.

V. Degradación Espiritual

Habla el Ego:
Ambigüedad humana,
inconsciente.
Los ecos del pecado
resuenan dentro de mí.
A duras voces gritan que enmiende,
el oscuro camino que recorrí.

Y el velo ante mis ojos
no me deja ver.
Del Ego el despojo
negaré otra vez.
Y otra vez.

Alma mía,
¿Ya no recordás?
Vos pediste
esta condición:
degradación
espiritual,
sumida en ansiedad existencial.
La prístina inocencia
ha sido canjeada,
por la ciencia del principio dual.

Estará la Serpiente siempre enroscada,
en el árbol del proyecto vital.

Acto Tercero:
Eterna Tristeza

De nuevo en la alcoba

El Ego despierta de un sueño.

I. Eterna Tristeza

Habla el Ego:
Porque existo y persisto
de esta manera,
lid siempre impera
en mi (interior);
me embarga el dolor,
me ahoga la pena,
pesada cadena;
destino opresor.

En vano
me afano
y no lo consigo,
sólo me fatigo
en pos de un porqué.

No existe certeza,
sí eterna tristeza.

Sumida en tristeza eterna
se encuentra la existencia.
Conciencia y Demencia
a ciegas caminan por la oscuridad.
Perdido el sendero,
¿El último será el primero?
Seguro de algo:
inseguridad.

***

Vida cotidiana, lo que el poeta A. Cortés llama contratiempo

El Ego, después de haber conocido el sinsentido de la existencia, reniega por lo absurdo.

II. Absurda Realidad

Habla el Ego:
—"Lo creo porque es absurdo,
es una verdad eterna
para mí."

Es absurda y cruenta,
sentido no encuentra.
Realidad.

Lasitud de vida,
juventud perdida.
Adversidad.

Determinismo absoluto,
mecanicismo y luto.
Ser tu propia causa,
límites no alcanza.
Libertad.

Más allá del tiempo,
al final encuentro:
Eternidad.
Vacuidad.

—¿Quién ha sido?

¿Quién ha puesto el orden de las cosas,
la dialéctica de la existencia?

Nacer
Vivir
Ser
Morir...
¿Para qué…?
¿Para cumplir con una Soberana Voluntad
mecanicista y absurda?
Padre…
Absurda realidad…

***

Alcoba

Cae la noche, el Ego no logra conciliar el sueño.

III. Mortal Abatido

Habla el Ego:
No hay para mi tranquilidad ni calma,
mis tormentos no me dejan descansar,
pesadillas hasta el alba,
las heridas en mi alma.

El humano es humillado, el mortal abatido.
Todo es vano en esta vida sin razón.
Ilusión de atrapar vientos,
existir en contratiempo.

—"No hay nada nuevo
bajo el sol."—

No.
Nada hay.
Que no fue.
Nada es,
ni será.
Sensatez,
o necedad,
la muerte espera
en paridad.

***

Mañana. Rutina

El Ego descubre que la vida está atrapada en un loop malsano.

IV. Hoy es más tarde que ayer…
la arena del tiempo discurre
entre tus labios.
Grano tras grano
que siempre ha estado
dispuesto a caer.
Y la Nada,
pronto reclama aquello que fue.
Hoy es más tarde que ayer.

—“Irreparabili
Tempus
Fugit”.

El Sol también morirá,
y un átomo de Polvo
mil galaxias desbordará.
Océano,
es la Gota que se funde
con el Mar.

A cada segundo
nace un mundo
condenado a terminar.

***

Espacio socio-relacional. Multitud

El Ego observa en silencio a la gente.

V. Isleta

Varado estoy,
encalla mi vida en la Isleta,
desierta,
de contemplación.

No sé quién vendrá,
siquiera lo que me espera,
en esta,
Isleta de Mar…
(Dulce).

En medio de todos, pero en soledad.
Rodeado por otras Isletas de Mar.
Y nada me salva de la soledad.
Tan sólo soy otra Isleta de más.

***

En la banca de un parque

El Ego se refugia en paraísos artificiales para aliviar el esplín.

VI. Angustia

Ahora estoy…
vuelto preso de la desesperación,
se derrumba un mundo a mi alrededor;
tempestivo es lo que vivo y he de vivir,
no concibo el alivio en seguir…
En esos momentos
en que pienso que todo está peor,
me infundes aliento
y me dices que todo estará mejor.
En vos me sostengo,
en vos encuentro
un motivo,
una razón.
Llenás el vacío
que la angustia
dejó en mi corazón.

La angustia en mi corazón.

***

Abordo de un bus colmado

El Ego rechaza la otredad. Como pensó Sartre, el infierno son los otros.

VII. Apertenencia

Sintiendo desprecio por lo secular,
esplín de lo mismo jamás cambiará;
siguiendo adelante sin saber por qué,
faltando el sentido de pertenecer…

Yo no pertenezco a este lugar,
me es inconsecuente la normalidad;
es sabio del necio poderlo aceptar
y en misantropía lo demostrará.

Esplín.
Esplín.
Esplín.

***

Bajando del bus

El Ego encuentra ayuda psicológica, comienza la terapia.

VIII. Ciclotimia

Muero un poco
cada día
en constante agonía
estoy.

Infinita
Ciclotimia
alternando
esperanzas
y dolor…

Es inane
esta vida
el destino
nos termina.

Indeleble
Ciclotimia
alterado estado
de humor.

***

En la cama de la psicóloga

La transferencia fue inevitable.

IX. Ángel del Amanecer

En el desierto de mi vida
siento el frío que cobija,
colmado de vacío
se encuentra todo mi ser.

En lo incierto qué me espera,
sólo el miedo a que muera;
la esperanza se ha ido
y no va a volver.

Y ahora nada queda,
y ahora no hay después;
y ahora ya no tengo fuerzas para
mantenerme en pie.

Sin la luz de tu mirada,
Ángel del Amanecer;
te entrego esta mi alma,
yo la puedo perder.

***

ÍNDICE

Impreso en Estados Unidos
por Casasola Editores

MMXXI

xiiixvmmxxi

www.ingramcontent.com/pod-product-compliance
Lightning Source LLC
LaVergne TN
LVHW051005080826
845145LV00009B/2467

* 9 7 8 1 9 4 2 3 6 9 9 1 2 *